허만길 시집

역사 속에 인생 속에

허만길 시집

역사 속에 인생 속에

초판 1쇄 인쇄일 2023년 7월 13일
초판 1쇄 발행일 2023년 7월 18일

지은이 허만길
펴낸이 양옥매
디자인 송다희 표지혜
마케팅 송용호

펴낸곳 도서출판 책과나무 Book & Tree Publisher
출판등록 제2012-000376
주소 서울특별시 마포구 방울내로 79 이노빌딩 302호
#302, Inobuilding, 79 Bangullae-ro, Mapo-gu,
Seoul, Republic of Korea
대표전화 02.372.1537 팩스 02.372.1538
이메일 booknamu2007@naver.com
홈페이지 www.booknamu.com
ISBN 979-11-6752-343-3 (03800)

허만길 시집

역사 속에 인생 속에

Collection of Hur Man-gil's Poems,
『In History and in Life』

책과나무

머리말

허만길 시의 경향과 주목할 만한 시

나(허만길)는 교육과 학문과 문학 활동과 깨달음이 내 삶의 주요 부분이었다. 그리고 나는 인생을 푸르게 살고자 노력했다.

나의 국어국문학 전공 과정의 첫 단계 성과는 진주사범학교(초등학교 교원 양성 고등학교) 3학년 재학 중 1960년(17살) 9월 국가 시행 중학교교원자격검정고시에 응시하여 수석 합격으로 18살(1961년 4월 10일)에 최연소 중학교 국어과교원자격증을 받고, 1962년 국가 시행 고등학교교원자격검정고시에 응시하여 수석 합격으로 19살(1962년 12월 6일)에 최연소 고등학교 국어과교원자격증을 받은 것이었다. 이것은『기네스북』'한국 편'에 수록되었다.

나는 부산에서 초등학교와 중학교 교사로 근무하면서 동아대학교 국문학과(야간부)를 졸업하고, 서울대학교에서 교육학 석사 학위(국어교육학 전공)를 받고, 홍익대학교에서 문학 박사 학위(국어국문학 전공)를 받았다.

나의 본격적인 문학 활동 시작은 1971년(28살) 9월 1일 '복합문학'(複合文學. Complex Literature)을 창시함과 동시에 그 첫 작품 『생명의 먼동을 더듬어』를 월간 『교육신풍』(敎育新風) 1971년 9월호부터 그 일부를 연재하고, 1980년 4월(37살) 교음사(서울)에서 그 전문을 단행본으로 출판한 것을 바탕으로 한다.

1971년에 창시한 '복합문학'(Complex Literature)은 한 편의 문학 작품을 완성함에 있어, 시, 소설, 희곡, 시나리오, 수필 등 문학의 여러 하위 장르를 두루 활용하여, 전개상의 변화와 활력을 꾀하고 주제의 형상화에 상승효과를 거두기 위해 복합장르로 구성한 문학 형태를 가리킨다. '복합문학'은 『두산백사전』에 등재되어 풀이되어 있다.

나는 복합문학 창시 2년 뒤 월간 『현대문학』 1973년 9월호에 수필 '말버릇 체험'을 발표하고, 또다시 2년 뒤 1975년 수필집 『빛이 반짝이는 소리』를 발행하였다. 나는 1989년(46살) 『한글문학』에서 시 '꽃과 가을이 주는 말을', '함께 따스한 가슴을', '가을인 날은'이 추천 당선되어 시인으로 등단하였다. 1990년(47살) 『한글문학』에서 최초의 본격적인 정신대(일본군 위안부) 문제 소설 '원주민촌의 축제'가 추천 당선되어 소설가로 등단하였는데, 소설 '원주민촌의 축제'는 '두산백과사전'에 등재되어 풀이되었다.

나의 시의 경향으로는 시의 내용에서 역사와 인생의 아픔과 격려, 진리와 이상 추구, 사랑의 아름다움, 조국애, 교육애를 중시하고, 시의 기법에서 맑고 아름다운 언어와 사색적인 자세로 서정성과 상징성의 조화를 꾀하였다. '시상의 건실성과 이미지의 정확성과 수

사학의 다양한 구사'(숙명여자대학교 교수 김남석의 시 추천사 평. 1989년), '청백 정신의 귀감'(문예춘추 청백문학상 상패. 2011년), '민족작가'(순수문학 작가상 상패. 2014년) 등의 평을 받았다. 서정시, 서사시('아버지의 애국', '완고와 보람'), 극시('생명 탄생 기원'), 산문시, 장시(Long Poetry), 연작시(30편 '당신이 비칩니다') 등 다양한 형태의 시를 창작하였다.

나의 주목할 만한 시로는 '대한민국 상하이임시정부 자리', '백두산 바라보며', '젊은 날의 4.19혁명', '젊음', '젊은 날의 아픔', '10대의 그날들', '미루나무 젊음', '역사 속에 인생 속에', '존재의 존재법', '일억 광년 별 하나', '바람', '혼자 바닷가에 서면', '보름 전 그믐밤', '촉촉한 바다', '방 만드는 사람들', '밤에 밤을 만나지만', '삶이 거칠다 해도', '모두가 서로의 끈과 힘', '남태평양에서', '시드니의 밤', '초겨울의 미션 베이', '아침 강가에서', '함박눈', '초여름이 설레면', '구룡사 은행나무', '나눔의 정', '우정의 자리', '꽃과 가을이 주는 말을', '겨울꽃', '겨울바람', '가랑비', '꽃 한 송이', '혼자 걸으면', '여름 밤하늘', '빛 항아리', '새해가 온다', '천사를 지켜보며', '사랑의 별자리', '당신은 따스한 행복', '단풍에 숨어서', '당신이 비칩니다', 30편 연작시 '당신이 비칩니다', '아카시아 꽃길 걸으며', '부르고 싶은 이름이 있다면', '가까이 오라는 듯', '그대의 비', '그리운 목소리', '사랑의 향기', '만남이 있는 여인', '4월의 한낮', '별 하나 품으며', '스승의 길 찾으며', '산업체 근무 여학생 졸업여행', '가르침의 들', '배움보다 더 어려운 가르침', '여의도 꽃길', '한강샛강다리', '해운대 달밤', '의령 아리랑', '자굴산', '진주 비봉산' '진주 아리랑', '조상과 가족의 고마움', '내 아내여서 행복이네', 산문시 '미나의 고독', 서사시 '아버지의 애국', 서사시 '사랑과 희생 가득 어머니', 서사시 '여동생을 생각하며', 서사시 '완고와 보람', 극시 '생명 탄생 기원' 등을 들 수 있다.

이번에 발행하는 시집『역사 속에 인생 속에』에는 내용 면에서 역사와 인생의 아픔, 조국애, 조상과 가족의 고난과 사랑과 고마움, 거친 삶을 이상 추구로 승화시키려는 의지를 담고 있다. 형태 면에서 자유시, 서정시, 서사시, 단시, 장시 등 여러 형태를 활용하였다. 서사시와 장시가 여러 편 실려 있음도 특기할 만하다.

많은 사람들이 이 한 권의 시집을 읽음으로써 역사와 인생 속의 몸부림과 희생과 사랑을 공감하면서 제각기 소망하는 삶을 추구하는 데 도움으로 삼았으면 한다.

2023년 7월 18일

시인 · 문학 박사 **허만길**

Preface

The Tendency of Hur Man-gil's Poetry and His Notable Poems

Education, research, literature, and meditation were the major parts of My life. And I (Poet/Ph.D. in Literature Hur Man-gil) tried to live a green life.

My father, Hur Chan-do (the previous name: Hur Gi-ryong. June 17, 1909 - December 21, 1968) did an independence movement in Korea and Japan when Japan colonized Korea.

I received the Uiryeong Superintendent's Award as top honors graduating from Chilgok Elementary School in Chilgok-myeon, Uiryeong-gun, Gyeongsangnam-do, Korea in March 1955. Helping my father who worked at the barber shop in Jinju Bongnae Elementary School, I graduated from Jinju Middle School receiving the Academic Encouragement Award given to the top of about 470 students in the mock high school entrance exam in

March 1958. I graduated from Jinju Normal School (a national high school to train elementary school teachers) in Jinju-si, Gyeongsangnam-do as valedictorian in March 1961.

At age 17, in 1960, I led the April 19 Revolution as the president of both Student Council and Steering Committee of the Student National Defense Corps at Jinju Normal School. I read the declaration in front of the citizens leading the protesters. The April 19 Revolution is mass protests in South Korea against the president and the First Republic in 1960.

Right after I graduated from Jinju Normal School on March 20, 1961, I started my teaching career, working as an elementary school teacher in Busan from March 31, 1961, at the age of 18.

I passed the state-run middle school teacher qualification examination for Korean Language Arts major with the highest score, and the state-run high school qualification examination for Korean Language Arts major with the highest score. I obtained the Certificate of Middle School Teacher for Korean Language Arts major as the youngest at the age of 18, in 1961, and the Certificate of High School Teacher for Korean Language Arts major as the youngest at the age of 19, in 1962. I was listed in 'Korean Part' of 'The Guinness Book of Records' published as Korean version with translating the English original into Korean and addition of 'Korean Part' as the youngest middle school teacher certificate acquirer and the youngest high school teacher certificate acquirer (Sinasa Publisher, Seoul, Korea. 1991).

I graduated from Dong-A University's Korean literature department (night class) while working as an elementary and middle school teacher in Busan in 1967. I received a Master's degree in education (with Korean Language Arts major) from Seoul National University in 1979 and a doctorate in literature (with Korean Linguistics and Literature major) from Hongik University in 1994.

My literary career is based on 'Complex Literature' I founded on September 1, 1971, when I was 28 years old. On the same date, I published a part of 'Searching for the Dawn of Life', the first work in this genre, to a monthly magazine 'Gyoyuk Sinpung' (the meaning: New Trend of Education). Parts of this work were published serially from the September 1971 issue of 'Gyoyuk Sinpung' to the November 1971 issue, until the magazine publication was discontinued. Later, this work was published as a book by Gyoeumsa Publisher (Seoul, Korea) on April 26, 1980.

Founded in 1971, 'Complex Literature' refers to a literary genre formed with complex genre using various subgenres of literature such as poetry (lyric, epic, dramatic), novels (including short stories), plays, scenarios, and essays (including diaries, letters, etc.) in completing a literature work. The founder expected that Complex Literature could give change, vitality, freshness to literature, and a synergistic effect in presenting the theme of a work. 'Complex Literature' ('복합문학' in Korea) founded by Hur Man-gil was registered and explained in the 'Doosan Encyclopedia' (Doosan Corporation, Seoul) on September 1, 2001).

Two years after I founded 'Complex Literature', I published an essay 'Experience of Speaking Habits' in the September 1973 issue of 'Hyundae Literature' (the meaning: Contemporary Literature), and again two years later in 1975, I published the collection of essays "The Sound of the

Brilliant Light'.

I made debut as a poet through 'Hangeul Literature' with poetry 'Words from Flowers and Autumn', 'Warm Hearts Together', and 'On Days When It's Autumn' in 1989, and as a novelist through 'Hangeul Literature' with the novel 'A Feast in the Village of Natives' in 1990, which is regarded as the first short novel (a short story) on the Korean comfort women for Japanese soldiers during World War II.

The tendency of my poetry emphasized the pain and encouragement of history and life, the pursuit of truth and ideals, the beauty of love, the love of country, and the love of education in the content, and sought to harmonize lyricism and symbolism with a clear and beautiful language and contemplative attitude in the technique.

I also wrote various forms of poetry, including lyric poetry, epic poetry (e.g. 'My Father's Patriotism', 'Stubbornness and Reward', 'My Mother Full of Love and Sacrifice'), dramatic poetry (e.g. 'Wish for the Birth of Life'), prose poetry (e.g. 'Mina's Solitude'), long poetry (e.g. 'My Father's Patriotism', 'My mother Full of Love and Sacrifice', 'The Appreciation of My Ancestors and Family',

'Thinking of My sister'), and serial poetry (e.g. 30 series of poems, 'You Shine').

In 1989, Sookmyung Women's University professor Kim Nam-seok, a literary critic, commented that My poems stood out for 'the soundness of the poetical thought', 'the accuracy of the image', 'the various uses of the rhetoric', and 'the poetic filtration of a view of life'.

In 2011, My poems were praised for their pure, clear, and transcendental spirit, as a result, I received the Integrity Literature Award ('청백문학상' in Korean) from literature journal 'Munyechunchu' (Seoul).

In 2014, marking the 100th anniversary of Korean modern literature, I received the Monthly Pure Literature Writer Award given by the Monthly Pure Literature Publishing with the title of the National Writer for My poetry collection 'At the Morning Riverside' (2014).

My notable poetry includes 'The Site of the Korean Provisional Government in Shanghai', 'My Father's Patriotism', 'Looking at Baekdusan Mountain', 'April 19 Revolution in the Memories of My Youth', 'My Mother Full of Love and Sacrifice', 'The Appreciation of My

Ancestors and Family', 'Thinking of My sister', 'The Days of My Teenage Years', 'The Pain of Youth', 'My Youth', 'People Who Make Rooms', 'Even though Meeting Night at Night', 'In the South Pacific', 'Night in Sidney', 'At the Morning Riverside', 'Large Snowflakes', 'When Early Summer Flutters', 'The Ginkgo at Guryongsa Temple', 'All are String and Strength to Each Other', 'Mission Bay in Early Winter', 'If There's a Name You Want to Call', 'You Shine', and 'Drizzle'. 'A Jar of Light', 'Watching the Angel', 'The Constellation of Love', 'With a Star in My Arms', 'Finding the Way to be the Teacher', 'The Graduation Trip of Industrial Schoolgirls', 'A Field of Teaching', 'Teaching More Difficult than Learning', 'In History and in Life', 'The Summer Night Sky'.

In terms of content, the poetry collection 'In History and in Life' published this time contains the pain of history and life, the love of country, the hardships and love and appreciation of ancestors and family, and the will to sublimate a rough life into the pursuit of the ideal. In terms of form, various forms such as free poetry, lyric poetry, epic poetry, short poetry, and long poetry were used. It is also noteworthy that several epics and long poems are included.

I hope that by reading this book of poems, many people will find it helpful to pursue their desired lives while sympathizing with the struggles, sacrifices, and love in history and life.

July 18, 2023

Poet / Ph.D. in Literature Hur Man-gil

차례

제3부 사랑과 희생 가득 어머니

제4부 삶이 거칠다 해도

부 록

[책 소개]

제1부

아버지의 애국

역사 속에 인생 속에

〈서사시〉 아버지의 애국

젊은 날의 4.19혁명

April 19 Revolution in the Memories of My Youth
/ Hur Man-gil. Trans. Kim Yong-jae

역사 속에 인생 속에

우리가 태어날 적
우리에게는 역사의 포대기가 감싸고
우리의 손에는 운명 같은
역사의 줄기가 쥐어져 있었다.
우리에게는 인생의 낯선 파도가
우리의 주위를 들락거렸고
먹고 입는 것부터
우리는 인생에 매달리고 힘들어야 했다.

우리는 역사와 인생을
도망하려야 도망할 수 없는
운명의 집으로 삼아야 했고
역사를 안고 인생을 안고
역사와 인생을 헤치고 넘어야 했다.

역사는 인생의 무엇이어야 하고
인생은 역사의 무엇이어야 하나.
나는 역사의 무엇이어야 하고
나는 인생의 어떤 길을 걸어야 하나.

나는 역사와 인생의 어디에 있어야 하고
역사와 인생을 어떻게 이끌어야 하나.
진리를 찾아 이상을 찾아
목마르게 몸부림하던 젊은 시절
나는 그것 또한 고민이었다.

* **출전**: 『PEN문학』 173호 2023년 5 · 6월호 105~106쪽(발행 국제 PEN한국본부, 서울. 2023. 5. 15.)

<서사시>

아버지의 애국

허만길의 아버지 허찬도(許贊道) 선생은
양력 1909년 6월 17일
경남 의령군 칠곡면 도산리
252번지에서 태어나고
1968년 12월 21일 59살의 나이로
고향 집 의령군 칠곡면 도산리 260번지에서
세상을 떠났다.
아들 허만길의 나이 25살 때였다.

허찬도 선생의 처음이름은
허기룡(許己龍)이었으며
1941년 9월 김해 허씨의
항렬 돌림자에 따라
허찬도(許贊道)라고 이름을 바꾸어 호적에 올렸으니
한동안 허기룡, 허찬도를 두루 썼다.

허찬도 선생이 태어난 때는
일제가 대한민국을 강제 합병한 지
9년쯤 되던 즈음이었으며

1919년 3.1독립 운동 때
10살의 나이로 그의 아버지
허종성(許宗成: 양력 1891. 6. 2.~1951. 8. 31.)
선생과 함께 일제의 총칼 무릅쓰고
대한 독립 만세 부르짖었다.
그의 아버지는 경찰서에 구속되어 고초를 겪고
그는 오래도록 경찰의 쫓김을 당하였다.

허찬도 선생은 그때 깨달았다.
나라를 되찾자면
가만히 있어서는 안 된다.
가만히 참고 있어서는 안 된다.
일제를 욕만 하고 있어서는 안 된다.
상투머리에 갓 쓰고 긴 담뱃대 물고
점잖게만 있어서는 안 된다.

나는 관솔불(*송진 엉긴 관솔에 붙이는 불)이나
켜면서
등잔불 기름으로 참기름 들깨기름을
죄다 일제에 갖다 바치는
울분만 품고 살아서는 안 된다.

서당에 다니면서

공자가 말하기를 맹자가 말하기를
이런 글만 외워서는 될 일이 아니다.
일제에서 벗어나자면
새로운 것을 알아야 한다.
새로운 것을 익혀야 한다.
누구한테서든 새로운 것을 배워야 한다.
세상이 돌아가는 것을 알아야 한다.

그는 19살 1929년
넓은 세상 구경하기 위해
아내(노갑선 盧甲先: 양력 1908. 9. 12.~1998. 7. 31.)
에게만 귀띔하고
노동하면서 마산 거쳐 부산으로
두 차례 가출하였다.

자동차도 처음 보고
양조장, 석탄, 선창, 바다,
돛배, 해수욕장도 처음 보고
드디어 1929년 9월 상순(*음력 8월)
부산의 무료 이발관에서
의령군 칠곡면에서는 가장 먼저
상투머리 자른 사람 되어
집으로 들어섰다.

왜놈 짓을 따르느냐며
목덜미에 그의 아버지의
화롯불 불벼락이 떨어졌다.
그래도 그는
선비 의식 강한 완고한 집안에서
선각자의 길을 택할 수밖에 없었다.

서른 남짓 친구들을 모으고서
칠곡소학교 찾아가니,
교장은 일본인,
희끗희끗 새치 섞인 조선인 설(薛) 선생,
키 작은 다정한 조선인 우(禹) 선생.
밤공부 야학 설치를 간청하였다.

21살 1930년 12월 하순부터
1933년 유월 하순(*음력 5월)까지
2년 6개월 동안
권학가(勸學歌) 부르며 부지런히 공부하니,
수료자는 열다섯 사람이었다.

교과서는 조선교육협회 발행
신명균 지은 '노동독본' 3권이 중심이었다.

칠곡소학교의 야학 과정 설치는
의령군에서는 가장 먼저 된 것이며,
그때 교육 내용, 교과서, 권학가 등은
우리나라 교육사에 기록될 가치가 충분하다.

무심히 여겨 왔던 공기가 무엇이며,
부산 부둣가에서
까맣게 몸 적시며 옮겼던
석탄이 어떻게 만들어지며
박테리아가 우리 몸을 어떻게 해치며
다윈의 진화론이 무엇인가를 배웠다.
모든 것이 새로움으로
눈뜨게 하는 것이었다.

일본인 교장의 눈을 피해 가며
조선인 교사가 처량하게 들려주는
조선의 역사는
항일 애국심을 더욱 북돋우었다.

권학가는 야학을 마친 뒤에도
지워지지 않는 인생의 보약이었다.

"공부할 날 많다 하고 믿지 마시오.

무정세월 살과 같이 지나가나니,
청년에 닦던 학업은
장래의 기축(基軸. 바탕)이로다.
청춘에 학문을 힘쓰지 않고
백발에 한탄을 어찌하리오."

야학 수료 그해 24살 1933년 초가을
칠곡면 소방조(*소방대)에 가입하여
화재 예방과 불끄기 봉사 활동을 하였다.
소방조의 우두머리는 소방조두라 하였으며
일본인으로서 금테 두른 모자를 썼다.

897m 높은 자굴산에
자주 일어나는 불을 끄고
이 동네 저 동네로 불손수레 끌며
보금자리 집을 태우는 불을 껐다.
어느새 어깨에는 평조원의 반장으로
소방소두(消防小頭)의 표지가 붙었다.
그러나 그의 아버지는
아들이 일본인 밑에서
일하는 것을 몹시도 못마땅해했다.

그는 고향에서 진주를 오갈 적마다

진양군 집현면과 도동면의
넓은 논밭을 보았다.
(*진양군은 1995년 진주시에 통합됨.)
황금빛으로 펼쳐진 벼이삭도 보고
찬바람에 나부끼는 파란 보리 싹도 보았다.

1929년 기사년(己巳年)
지독한 가뭄이 들었을 때
농사짓기에 아무 대책이 없다가
넓디넓은 벼 포기들이 불탄 듯이
발갛게 마르고
수많은 사람들이 굶어야 했던
일을 잊을 수 없었다.

그는 오랜 궁리 끝 27살 1936년
진양군의 집현면과 도동면의 공동 관할에
속하는 장재못에 양수기를 설치하여
가뭄에도 농민들의 물 걱정을
덜어 주고자 했다.

그 일대에서 논밭을 가장 많이 지닌
진주의 갑부 서상필, 정상진을 만나
찬성 동의를 받고

많은 농민들의 적극 찬동을 받아
진주경찰서의 승인도 받았다.
가뭄이면 하늘만 바라보던
농민들의 가슴이 부풀었다.
그와 농민들의 꿈이 함께 부풀었다.

그해 4월 공사가 거의 완료되어,
양수기의 시운전 단계가 가까웠다.
농민들은 처음 보는 기계에
신기함을 감추지 못했다.
손으로 발로 기계를
툭툭 건드려 보기도 했다.

어찌 예측했으랴.
집현면 주재소 일본인 구로다(黑田) 부장의
끈질긴 방해가 시작되었다.
구로다 부장은 주재소 안에서
그에게 폭력을 가하며
조선인(朝鮮人)이라며 멸시했다.
그도 더 이상 울분을 참지 못하고
구로다 부장을 가격하였다.
두 사람 사이에 난투극이 벌어졌다.
어느새 다른 순사의 칼이

그를 날카롭게 겨누었다.
그는 어쩔 수 없이 진주구치소에서
두 달 동안 옥고를 치렀다.

감옥살이의 밤낮은 나라 잃은 설움으로
한없이 분하고 억울하고 어두웠다.
이 분함과 억울함과 어두움을
벗어날 때가 오기는 할까.
구치소의 단단한 벽처럼
막막함이 가슴을 짓눌렀다.
이 순간에도 얼마나 많은 사람들이
나라 잃은 설움에
혹독한 아픔을 겪고 있을까.

구치소에서 나오니
공사의 중단에 따른 빚이 무거웠다.
몸도 마음도 힘들었다.
그러나 이대로 젊음의 애국심을
멈추어서는 안 되었다.
나라 독립의 절실성을
더욱 강하게 품었다.
나라의 독립에 힘이 되든 안 되든
멈춤 없이 무엇인가를

하여야겠다고 마음 다졌다.

그때쯤 많은 한국인들은
일본 땅에서 장사도 하고
공장에서 일을 하기도 했다.
일본 땅에서 일시적으로 살기도 했지만
이사하여 그대로 머물러 살기도 했다.
그들이 독립 뒤에 재일 동포들이었다.

그는 이발업도 해 보고
한약 행상도 해 보면서
빚을 갚아 나갔다.

31살 1940년 4월
일본 오사카부(大阪府) 사카이시(堺市)
미미하라쵸(耳原町) 길거리에서
우연히 한국인을 만나
그 한국인이 거주하는
2층 가옥에서 함께 살았다.

그는 그 한국인이 일하는
군수물 공장 아사히철공소(朝日鐵工所)에서
고야마(湖山)로 불리며 일하였다.

많은 한국인들이 일하고 있었다.
마주하는 얼굴들은 반가우면서도
일본인들 앞에서 노예처럼 일했다.

온갖 전쟁 무기를 만들고 있었다.
여기서 만든 무기로 내 조국을 침범하고
내 동포를 해쳤을지도 모른다.

한국인들은 위험한 일들만 했다.
중요한 일을 하는 곳으로는
시선을 돌릴 수 없었다.
잠시 게으르거나 시선을 돌리는 순간
엄청난 가혹 행위가 기다렸다.
하소연할 데도 없는
절망과 고통의 시간들이었다.
한번 시원하게 대들 수 없는 절망이었다.

그는 한국인 동료들을 모이게 했다.
친목을 나누고 어려움과 도움을 나누자 했다.
그리하여 한국인 노동자 친목 단체를 만들었으니
이름을 아사히철공소 조선인화친회(和親會)라 했다.
그가 회장을 맡았다.
비로소 그들은 서로를 위로할 수 있고

따뜻하게 마음을 나눌 수 있는
터전 하나를 마련했다.

그는 이미 일본 땅에서 일하는
한국인 노동자들의 모임을 파악하고 있었다.
야하다제철소 조선인친화회(親和會),
나고야 어느 공장의 조선인상화회(相和會)
이들은 밖으로는 친목 단체이었지만
속으로는 항일 성격을 띤
조선인 노동자 단체였다.
이제 그런 성격의 단체에
아사히철공소 조선인화친회 하나가 더 생겼다.

그는 그해 1940년 겨울
한국인 동료들의 차별과
학대를 참다못하며
조국을 침범해 못살게 하는 일제에
조금이나마 항거하기 위해
화친회 회원들에게 모든 책임을
자신에게 돌리라 하고
동맹파업을 이끌었다.
군수물 공장이 일시에 돌아갈 수 없었다.
한국인이 움직이지 않으면

공장의 대부분이 멈출 수밖에 없었다.

군수물 공장 파업은 신문에 보도되었다.
'조선인이 동맹으로 군수 공장의 불을 끄다.
주모는 화친회 회장 고야마(湖山)'

이튿날 새벽 3시경,
그는 2층 숙소에서 7명의 사복형사들에게
체포되었다.
그는 순순히 경찰서로 연행되다가
두 형사만 남았을 때
허리를 굽혀 신을 고쳐신는 듯하다가
일어서며 두 형사를 쓰러뜨리고 달아났다.
차가운 도로를 미끄러지듯 달아났다.
별빛이 내려다보는 어둑한 도로를
쏜살같이 달아났다.

그길로 사카이 시의 변두리를 달려
두세 달 전에 알게 된
조선인의 집에 이르렀다.
자전거를 구했다.
한다야마(半田山)로 갔다.
한다야마에서 이틀간 머무른 뒤

교토(京都)행 기차에 몸을 실었다.
야하타로 갔다.
야하타경찰서에 출장 근무하던
야하타제철소 조선인친화회 임원들을
은밀히 만났다.
임원들은 신문 기사를 통해
아사히철공소의 사건을 알고 있었다.
계속 임원들을 은밀히 만났다.

경찰이 더 이상 추적할 수 없겠다는
판단이 들자
고향에 있는 아내와 8살 딸을
일본으로 이사시키기로 했다.
이듬해 1941년 2월
아내와 딸이 일본으로 이사했다.

가족은 오사카(大阪), 교토(京都),
오자(大字) 전차 정류소 부근을 전전긍긍하다가
석 달 만에 교토부(京都府) 구세이군(久世郡)
오쿠보무라(大久保村) 오자(大字) 오쿠보(大久保)
30번지에 정착했다.
교토에서 나라(奈良)행 전차를 타고서
오자(大字) 정류소에 내려 서쪽으로

오쿠보 비행장을 향해 숲속 길을 따라
1km쯤 걸으면 도로의 왼편에 자리 잡은
동네의 첫 집을 만나게 된다.
방 두 칸 중 한 칸을 세 들어 살았다.
낯선 땅이지만 가족이 함께 살 수 있어
따뜻한 삶이었다.
가족, 가족
가족이 함께 있어 낯설어 차가워도 따뜻했다.
약 2년 뒤 1943년 3월 21일
아들 허만길(許萬吉)이 이곳에서 태어났다.

아들이 태어나자
기분이 너무 좋은 그는
아들보다 10살 많은 딸의 손을 끌고
오쿠보 심상소학교(*초등학교)로 가서
3학년에 편입학시켰다.
딸의 이름은 허맹준(許孟俊)이었으나
학교에서는 도시코(俊子)로 불리었다.
딸은 글재주가 뛰어나
일본인 교사는 놀라워했고,
동네 사람들이 볼 수 있도록
집 대문에 딸의 글을 붙이도록 했다.
딸은 아내가 바깥나들이 할 때는

뛰어난 일본 말 통역인이었다.

그는 여동생의 남편 하만행(河萬幸)과
오쿠보 비행장에서 노무자 일을 했다.
아무 일이든 해야 먹고 살 수 있었다.
갑자기 들이닥친 이상한 사람들
강제 징병 몰이꾼들이었다.
특히 한국인들은 그들 앞에 연약하기만 했다.
어쩔 수 없었다.
두 사람은 어쩔 수 없이
1943년 9월 일제에 강제 징병되었다.

전쟁의 형편은 입대한 장정들이
목숨을 붙여 돌아오기란 어려웠다.
가족들은 불안했다.
독립군으로 전쟁터에 가는 것도 아니고
내 조국을 침범한 일본의 군대로
강제 징병 되다니, 그는 허탈했다.
허탈했다.

훈련소에서 훈련을 마치고 나면
중국으로 태평양으로 동남아로
전선 최일선에 투입된다고 했다.

낯선 땅에서 가족을 두고
강제 징병이라니.
그는 말을 잃고 허탈했다.

소집소에서 하룻밤을 잤다.
교토 근처의 시가켄(滋賀縣) 훈련소로 갔다.
빨간 불을 켠 구급차가
여러 대의 트럭을 몰고 질주해 왔다.
트럭에는 수많은 부상자들이 타고 있었다.
수송 군함이 출항하자마자
어뢰에 부딪혔기 때문이라는 말이 돌았다.

훈련을 받기 시작했다.
강한 훈련을 받으니 몸에 이상이 일어났다.
항문이 따갑고 아팠다.
평소 지니고 있던 치질의 발병이었다.

아랫배가 아팠다.
설사가 났다.
변에 곱이 섞여 나왔다.
변소(*화장실)를 자주 드나들었다.
피곤하거나 음식을 잘못 먹으면
나타나던 이질 증상이었다.

대변에 피도 보였다.
체온도 올랐다.
이럴 때면 고향에서는
전해 오던 민간요법으로 고치곤 했었지.

의무실을 찾았다.
군의관은 그를 이질을 달고 사는
사람이라면서 병실에 입원하도록 했다.
일본인들은 전염성이 강한 이질을
몹시 무서워했으므로
다른 사람들과의 접촉을
최대한 피하도록 했다.

그는 제일병실 침대에서
이질과 치질 치료를 받기 시작했다.
군의관은 외과에 속하는 응급 환자 외에는
양약을 절제한다고 했다.
하루에도 수없이 들어오는 부상병을
치료할 약을 감당할 수 없다 했다.

페니실린 병에
담황색 기름을 부은 약을
치질이 심하게 아플 때마다 발랐다.

식사 관리를 철저히 받았다.
미음을 먹고 나면,
사과, 배, 귤이 나왔다.
맨손체조, 팔굽혀펴기,
건포마찰, 일광욕을
규칙적으로 했다.
안마, 마사지, 약쑥 뜸질을 받고
뜨거운 통 속에 몸통을 넣는
온열 치료를 받았다.

치질은 쉽게 나을 병이 아니었다.
이질 역시 쉽게 낫지 않았고
혹시라도 덜 치료된 상태에서
다른 군인들과 어울려 전염이라도
된다면 큰일이었다.
군의관뿐만 아니라 군의관의 우두머리
군의장도 그에게 큰 관심을 가졌다.

그는 군의장과 자주 토론을 했다.
토론을 통해 일제의 조선 침략의
부당성을 일깨웠다.
군의장은 그것을 받아들였다.
일제의 부당한 침략을 받아들였다.

가족이 위문하러 왔다.
아내와 10살 된 딸과
태어난 지 10개월 된 아들이
위문하러 왔다.

갖가지 음식을 만들어 왔다.
보따리에 싼 음식을 펼쳤다.
군의장도 자리를 함께했다.

“아저씨도 고향에는 보고 싶은 가족이 있겠지요?
우리 아기동생은 아버지의 얼굴도 모르고
‘아빠, 아빠.’ 하고 부른답니다.
우리 아버지 어서 우리 집으로 보내 주셔요.”
천재 소녀 딸은 당차게 말하여
군의장을 감동시켰다.

군의장의 도움으로 그는 5개월 만에
1944년 2월경
병역 해제증을 받고 귀가하였다.
그의 매제 하만행은 훈련을 마치고
마아스루 항구에서
군함에 타기 직전 탈출하였다.

그래서 그의 매제도 살았다.
그래서 그들은 침략의 총을
겨누지 않을 수 있었다.

그는 아들 허만길이 태어난 지
1년 4개월 되던 1944년 7월
가족을 조국의 고향으로 돌아가
의령군 칠곡면 도산리 260번지에서
살도록 했다.
그의 조상들이 400여 년 살아온
고향 땅이었다.
내 손자, 귀한 내 손자
그의 조부모는 밭일을 하다 말고
달려 마중 나와 손자를 한껏 안았다.

가족을 고국으로 돌려보낸 그는
나라가 독립할 때까지 일본에 머물면서
이 일 저 일을 하며,
일본 거주 조선인들에게
항일 정신을 북돋우었다.

대한민국 광복 직후 허찬도 선생은
고향에서 가난한 농부로서 생계를 유지했다.

아들 허만길이 진주에서 진주중학교와
진주사범학교(*초등학교 교원 양성 고등학교)에
다니게 되자,
진주봉래초등학교 구내 이발소에서 일하였다.

1968년 12월 21일 만 59살의 나이로
고향 집 칠곡면 도산리 260번지에서 별세하니,
슬하에는 먼저 세상을 떠난 장녀 허맹준이 있고,
아들 허만길(문학박사, 시인, 소설가, 복합문학 창시)과
작은딸 허맹임이 있었다.

[참고 문헌]

- **허만길**, 장편복합문학『생명의 먼동을 더듬어』(1980)
- **허만길**, 애국 항일 활동을 한 아버지의 교훈,『정신대 문제 제기 및 대한민국 임시정부자리 보존운동 회고』(2010)
- **허만길**, 허찬도(許贊道) 선생의 항일 독립 운동과 선각적 계몽 활동,『의령신문』2015년 2월 27일(경남 의령군)

젊은 날의 4.19혁명

1960년 4월의 봄꽃은
그냥 피는 꽃이 아니었다.
그냥 아름다운 꽃이 아니었다.

마산에서 분노의 큰 불꽃 솟구치고
서울에서 전국 곳곳에서
수많은 고등학생과 대학생과
일반 시민이 목숨 바치고
수많은 국민들이 피 흘리고
민주와 정의의 소리가 하늘을 채웠다.
그래서 그때 4월의 봄꽃은
그냥 피는 꽃이 아니었다.
그냥 아름다운 꽃이 아니었다.

열일곱 살 나는
진주사범학교 학생회 위원장 겸
학도호국단 운영위원장이었다.
뭇 친구들과 민주와 정의를 토론하고
밤늦도록 시위를 준비하고

서울에서 온 취재 기자들을 만났다.

여러 고등학교 학생회 연합으로
시위의 절정을 이루던 날
나는 민주주의 만세 어깨띠와
운영위원장 완장을 두르고
경찰서장을 만나 시위 학생들에게
총 겨누지 말 것을 강력하게 말하고
시민들의 환호 받으며
시가지를 행진하여 진주극장 앞에서
선언문을 낭독하였다.

학도여!
그대는 이 나라, 이 겨레의 젊은 기둥이니,
꿋꿋한 기상과 기백을
먼저 민주주의를 위해 고결하게 펼쳐 달라.
학도여! 동포여!
조국과 민족의 새 길이 창창히 열릴 때까지
우리의 의로운 길을 굳세게 나아가자.

독재 물러나라, 부정선거 규탄
그때 그 시위대들의 어깨띠와 팻말과 외침
여기저기서 달려 나오던 그 시민들

생생히 눈앞에 펼쳐진다.

1960년 4월의 봄꽃은

분명 그냥 피는 꽃이 아니었다.

분명 그냥 아름다운 꽃이 아니었다.

* **출전**: 『PEN문학』 154호 2020년 3 · 4월호 178~180쪽(발행 국제 PEN한국본부, 서울. 2020. 4. 13.)

* **[참고] 허만길, 17살 1960년 진주사범학교 학생회위원장 겸 학도호국단운영위원장으로서 진주의 4.19혁명 앞장**

허만길은 17살(1960년) 진주사범학교 학생회위원장 겸 학도호국단운영위원장으로서 진주의 4.19혁명을 앞장서서 이끌었으며, 진주극장 앞 광장에서 시민들에게 선언문을 낭독하였다. 그리고 '4.19혁명 60주년 기념 특별기고'로 월간 『한국국보문학』 2020년 4월호(서울)에 35쪽 분량의 논문 '진주의 4.19혁명 상황과 허만길의 선언문 회고'를 발표하여, 충절의 도시 진주의 역사 자료로 남게 하였으며, 문단과 진주 시민과 신문과 방송의 큰 관심을 모았다.

허만길은 논문에서 4.19혁명의 발단과 일반적인 진행 과정을 소개하고서, 진주의 4.19혁명 진행 상황을 날짜별로 상세히 기술했다.

그동안 잊어진 진주의 4.19혁명 상황이 허만길의 논문으로 말미암아 진주의 중요 역사 자료로 살아나게 되자, '경남도민신문'(2020년 4월 22일), '뉴스경남'(2020년 4월 23일/4월 27일), '경남도민일보'(인터넷판 2020년 4월 21일), '경남매일신문'(2020년 4월 20일), '의령시사신문'(2020년 5월 16일), '의령신문'(2020년 5월 28일), '주간 한국문학신문'(2020년 6월 10일) 등에서 크게 보도하고, 2020년 4월 24일 KBS 진주방송국 라디오 방송은 약 15분간 생방송으로 허만길과 전화 인터뷰를 했다.

또 허만길(국제PEN한국본부 이사)은 국제PEN한국본부 발행 『PEN문학』 2020년 3 · 4월호에 시 '젊은 날의 4.19혁명'을 실어 문단의 관심을 끌었는데, 국제PEN한국본부 이사장 김용재 영문학 박사(전 미국 University of Southern California 객원교수)가 영어로 번역하여, 국제계관시인연합 한국본부(United Poets Laureate International Korea Center) 편집 『Poetry Korea 제9호』(발행 도서출판 오름. 2020년 여름)에 'April 19 Revolution in the Memories of My Youth'라는 제목으로 수록되어, 해외에 소개되었다.

April 19 Revolution in the Memories of My Youth

Hur Man-gil
Trans. Kim Yong-jae

Spring flowers in April, 1960
was not just flowers blooming in spring
not just flowers as beautiful as those in other seasons

Great flames of rage spurted in Masan
thereafter, in the cities nationwide including Seoul
so many students of both high schools and colleges
to say nothing of ordinary citizens
all the people stood up for democracy, sacrificing their lives,
filling the sky with roaring voices of demanding justice.
That's why spring flowers in April
was not just flowers blooming in spring
not just flowers as beautiful as those in other seasons

That spring in 1960, I was seventeen and the president
of both Student Council and Steering Committee

of the Student National Defense Corps at Jinju Normal School
doing the works necessary with my friends
discussing democracy and demanding justice, preparing
protests until late at night, meeting correspondents from Seoul

On the day at the peak of our protest
high school students gathered from different schools;
I was one of them wearing a slogan on the shoulder
demanding democracy and a student representative
asking the chief of police to order the police squads
not to aim at the students with guns
Later in the day, with other protestors, I marched on
through the streets with the supports from citizens
and recited the declaration for our protests

Students! I want you to know
you are holding up this country,
to commit yourselves doing your noble missions
with high spirits for the democracy of our country
Students, fellow citizens and all!
I really ask you to make a step forward on the way

to the future of our country opening with new opportunities

No dictatorship, against electoral fraud are the slogans
written in the picket signs held up in our anger and rage
Loud, angry shouts from people rushing in to the street
I feel like still hearing and seeing after so many years
Spring flowers in April, 1960
was not just flowers blooming in spring
not just flowers as beautiful as those in other seasons

* **출전**: 『Poetry Korea Volume 9, 2020』 59~61쪽. Edited by United Poets Laureate International Korea Center(편집 국제계관시인연합 한국본부). Published by Orum Publisher, Daejeon, Republic of Korea. June 30, 2020

* **Kim Yong-jae(김용재)**: Poet. Ph.D. in Literature. 국제계관시인연합 한국본부 회장(The Chairman of United Poets Laureate International Korea Center). 국제PEN한국본부 이사장(The President of International PEN Korea Center). 전 대전대학 영문학과 교수. 전 미국 University of Southern California 객원교수

제2부

대한민국 상하이 임시정부 자리

대한민국 상하이임시정부 자리

大韓民國の上海臨時政府の遺跡 / 許萬吉 詩. 文在球 譯

The Site of the Korean Provisional Government in Shanghai / Hur Man-gil. Trans. Chung Eun-gwi

백두산 바라보며

Looking at Baekdusan Mountain / Hur Man-gil. Trans. Kim Yong-jae

(악보) 백두산 바라보며 / 시 허만길. 작곡 이종록

한강의 아침

나라사랑 옛 임들

영원한 내 나라

나라와 겨레 위해

악성 우륵 찬가

A Hymn to Ureuk, the Great Musician of Korean Antiquity / Hur Man-gil. Trans. Kim In-young

(악보) 악성 우륵 찬가 / 시 허만길. 작곡 이종록

으뜸 글자 한글

서울의 새 아침

[허만길 시 '대한민국 상하이임시정부 자리' 창작 배경과 성과]

허만길은 한국과 중국 사이에 정식 국교가 없던 시기에 교육부 중앙교육연수원 장학사로서 교원국외연수단을 인솔하여 중국을 방문하면서, 1990년 6월 13일 대한민국 상하이임시정부 자리(마당로 馬當路)를 찾았으나, 아무 표적 하나 없이 퇴색된 집에 중국 사람이 살고 있음을 보고, 연수단 앞에서 현장 즉흥시 '대한민국 상하이임시정부 자리'를 읊고, 귀국 후 많은 언론 취재('한국일보', '조선일보', '동아일보', '경향신문' 등)를 받으며 대한민국 광복 후 최초로 대한민국 상하이임시정부 자리 보존운동을 펼쳤다. 중국 상하이 시장에게도 임시정부 자리에 어떤 표적을 세워 주고 특별한 관심으로 보전해 주기를 바란다는 편지를 보내었다.

허만길의 노력에 한국 안에서는 물론 중국에서도 여론이 높아지자 대한민국 정부에서는 임시정부 자리 보존에 대해 공식적으로 중국 정부에 의사 표시를 했다. 이에 중국에서는 대한민국 기업의 협조를 받아, 임시정부청사 복원에 노력하였다. 1992년 대한민국과 중국 사이에 국교가 정상화되고, 노태우 대통령이 1992년 9월 30일 국빈으로 중국을 방문해 복원이 진행 중인 임시정부청사를 찾아 방명록에 서명하였다.

드디어 허만길이 처음 대한민국 임시정부 자리 보존운동을 펼친 때로부터 2년 8개월 뒤, 중국에서는 1993년 3월 '상하이 마당로'에 '대한민국 임시정부구지 관리처(大韓民國臨時政府旧址管理處)'를 설치하여 복원된 대한민국 상하이임시정부청사를 체계적으로 관리하기 시작했으며. 4월부터 대한민국 임시정부청사를 일반에게 공개하였다. 마침내 그곳은 세계적인 명소가 되었다.

허만길은 중국 당국으로부터 대한민국 상하이임시정부청사는 김구(金九) 선생이 중국을 떠날 때 중국인 친구에게 넘겨주었으며, 그 친구는 고수희(顧守熙, 구서우시) 님이라는 사실도 알아냈다.

대한민국 임시정부 자리 보존운동 시초가 되는 시 '대한민국 상하이임시정부 자리'는 『한국 시 대사전』(2011. 2023) 등 여러 문헌에 수록되었다. (한국 · 중국 · 일본 시인 시화집) 『동북아시집』(편집 한국현대시인협회. 발행 도서출판 천산, 서울. 2008)에는 한국어 시와 이를 문재구(文在球) 문학 박사가 일본어로 번역한 시 '大韓民國の上海臨時政府の遺跡'가 수록되었다. 『Poetry Korea Volume 7, 2018』(편집 국제계관시인연합한국위원회 United Poets Laureate International Korea Committee. 발행 도서출판 오름, 대전. 2018)에는 한국어 시와 한국외국어대학교 정은귀(Chung Eun-gwi) 교수가 영어로 번역한 시 'The Site of the Korean Provisional Government in Shanghai'가 수록되었다. 허만길 시집 『아침 강가에서』(발행 도서출판 순수, 서울. 2014)에는 한국어 시와 일본어로 번역된 시가 수록되었으며, 월간 『한국국보문학』 2019년 3월호(발행 도서출판 국보, 서울)에는 한국어 시와 영어로 번역된 시와 일본어로 번역된 시가 수록되었다. 시 '대한민국 상하이임시정부 자리'는 충청남도 보령시 주산면 '시인의 성지'(시와 숲길 공원) 제1호 시비로 2010년 4월 23일 건립되었는데, 한국현대문학100주년기념탑 근처이다.

자세한 내용은 허만길 저서 『정신대 문제 제기 및 대한민국 임시정부 자리 보존운동 회고』(발행 에세이퍼블리싱, 서울. 2010), 허만길 논문 『허만길의 시 '대한민국 상하이임시정부 자리'와 대한민국 임시정부 자리 보존운동 성과』(주간 한국문학신문 제321호 2017년 9월 13일), 허만길 논문 '허만길의 대한민국 임시정부 자리 보존운동'(월간 신문예 2019년 3월호. 발행 책나라, 서울. 2019. 3.) 등에 나타나 있다.

아울러 허만길은 어릴 때부터 아버지 허찬도 선생으로부터 일제의 정신대(일본군 위안부) 이야기를 들어 온 영향으로 18살(1961년)부터 지속적으로 정신대 문제를 주변에 제기해 왔는데, 허만길이 대한민국 임시정부자리 보존운동을 처음으로 펼치던 해에 정신대(일본군 위안부) 문제를 본격적으로 다룬 최초의 소설 '원주민촌의 축제'를 『한글문학』 제12집(편집 한글문학회. 발행 미래문화사, 서울. 1990. 10. 5.)에 발표하여 잊혀 가던 정신대 문제를 환기시키는 데 기여하였다. 허만길 소설 '원주민촌의 축제'에 대한 풀이는 『두산백과사전』에 등재되어 있으며, 허만길은 이러한 공로로 2004년 12월 6일 세계인권선언기념일 기념식에서 국가인권위원회위원장 표창을 받았다.

〈대한민국 임시정부 자리 보존운동 시초의 시〉

대한민국 상하이임시정부 자리

이만큼이나 큰
조국의 고동이도록
우렁찬 걸음이도록
세계로 지구로 뻗는
희망찬 역사의 함성이도록

먼 이국의 땅 상하이 마당로(馬當路) 306롱(弄)
한 낡은 자리 그리도 구석진 자리에서
우리의 옛 임들
그리도 가늘게
그리도 허덕이며
우리를 지켰을 줄이야
우리를 살았을 줄이야
우리를 키웠을 줄이야.

아, 통곡으로 피로
울며 외치며 쓰러지며
단군을, 김유신을, 세종을, 서산 대사를
이어 주었을 줄이야.

이곳 이웃들에게도
까맣게 전설이 끊어진
조그만 가게 옆 골목
한 허름한 집
집지기 백발 노파가 쓸쓸한
대한민국 상하이임시정부 자리.

오늘 우리가 서도록
옛 임들 자빠지지 말자며
의기와 혼이 엉기던 자리
대한민국 상하이임시정부 자리.

그러나 이제라도 조각달 뜨면
두 조각 내 나라 땅 내려다보며
임들의 한 서려 머무를 자리
아직도 숨결 시원히 거두지 못할 자리
상하이 마당로 뒷골목
고결한 보국충정 피맺힌 자리여.

내 조국, 내 겨레 얼룩진
거룩한 자리
대한민국 상하이임시정부 자리.

우리가 버려둔 자리.

(1990년 6월 13일)

大韓民國の上海臨時政府の遺跡

大韓民國 詩人・文學博士 許萬吉 詩
大韓民國 詩人・文學博士 文在球 譯

これ程の大きさで
祖國の鼓動になるように
勇ましい歩きになるように
世界にひろがる
希望があふれる歴史の叫びになるように

遠い異國の土地上海馬當路306弄
古ぼけたところすみの奥に
我等の先輩達は
甚だしくも細く
甚だしくも苦勞しながら
我等を守って下さったのか
我等を生かしたのか
我等を育てたのか

あ! 痛哭の血で
泣き叫びたおれつつ

檀君を, 金庾信を, 世宗大王を, 西山大師を
繫がってくださったのか

ここのとなりにも
全然傳說が斷れた
小さい店屋の横路
ふるぼけた一軒屋
ちびしく老婆一人で家屋を守っているゐ
大韓民國の上海臨時政府廳舍跡

今日の我等がここに立つように
昔の先輩達たおれるなと
意氣と魂が固まった
大韓民國の上海臨時政府廳舍跡

しかし今でも上弦の月が登ったら
二っに分かれた我國土見下ろしながら
先輩のかなしみがかたまっているというところ
上海馬當路の裏路
高潔な報國忠誠心が血で結とばれたところよ

我が祖國 我が民族魂がとまっている
偉大なところ

大韓民國の上海臨時政府廳舍跡よ
我等が捨てていたところよ
(1990. 6. 13.)

* **출전**: (1) (한국 · 중국 · 일본 시인 시화집) 『동북아시집』 633~634쪽(편집 한국현대시인협회. 발행 도서출판 천산, 서울. 2008). (2) 허만길 시집 『아침 강가에서』(발행 도서출판 순수, 서울. 2014). (3) 월간 『한국국보문학』 2019년 3월호(발행 도서출판 국보, 서울) 등

* **文在球(문재구)**: 중앙대학교 문학 박사. 부산여자대학교 국어국문학과 교수. 중앙대학교 강사

The Site of the Korean Provisional Government in Shanghai

Hur Man-gil

Trans. Chung Eun-gwi

To be the pulse of a mother country
as large as this,
to be a resonant stride,
to be a hope–filled roar of history
stretching out to the world, to the earth,

in 306 long, Madang–lu, Shanghai, a far–off foreign land,
in such an old place, such a sequestered place,
our old beloved forbears
guarded us so,
kept us alive so,
raised us so,
in such a restricted state,
struggling so hard.

Ah, crying, yelling, falling down,

with cries, with blood
they united us with
Dangun, Kim Yu-shin, King Sejong, and Seosan Daesa.

A shabby house
in an alley next to a little shop,
its legend totally isolated
from the neighbors here,
kept by a lone white-haired housekeeper,
the site of the Korean Provisional Government in Shanghai.

The place where the wills and spirits
of our old beloved forbears combined
to enable us to stand today,
the site of the Korean Provisional Government in Shanghai.

When a crescent moon rises now
it looks down on a divided country,
a place where our ancestors' sorrow lingers
a place unable to breathe freely,
ah, back alley off Madang-lu in Shanghai,
the place where noble patriotic fidelity was bruised

The sacred place
where my people, my country were stained,
the site of the Korean Provisional Government in Shanghai,
the place we abandoned.
(Written on June 13, 1990)

* **[Note]** On June 13, 1990, Hur Man-gil recited this poem at the Site of the Korean Provisional Government in Shanghai, China. When visiting the place, he had been leading the Korean Overseas Training Group of School Teachers as the Government School Inspector at the National Institute for Educational Research & Training, the Ministry of Education, the Republic of Korea, before Korea established the diplomatic relation with China. The place did not have any sign of showing its history. He developed the preservation campaign for the place in Shanghai, immediately after returning from Shanghai, and got good results. In 2010, the poem was engraved on a poetry stone monument at Poets' Sacred Place (the previous name: the Poetry and Forest Park) in Jusan-myeon, Boryeong-si, Chungcheongnam-do, Korea, where the 100th Anniversary Tower of Korean Modern Literature is located.

* **출전**: (1) 『Poetry Korea Volume 7, 2018』 193~195쪽(편집 국제계관시인연합한국위원회 United Poets Laureate International Korea Committee. 발행 도서출판 오름, 대전. 2018). (2) 월간 『한국국보문학』 2019년 3월호(발행 도서출판 국보, 서울) 등

* **Chung Eun-gwi(정은귀)**: 미국 State University of New York 문학박사. 한국외국어대학교 교수

백두산 바라보며

조상이 물려준 거룩한 한반도
어쩌다 가까운 길 못 가고
둘러 둘러 남의 땅 올라서
우리 쪽 백두산 바라만 보나.
천지는 평화롭고 압록강 물은
서해에서 한강 물 손잡는데
한 겨레 한 운명 우리는
언제 되어 자유롭게 오가려나.

대대로 지켜온 소중한 한반도
슬프다 곧장 갈 길 못 가고
멀리 멀리 남의 땅 딛고서
우리 쪽 백두산 바라만 보나.
하늘은 남과 북 나뉘지 않고
저 멀리 꽃들은 반겨 오라는데
한 겨레 한 운명 우리는
언제 되어 자유롭게 오가려나.

* **출전**: (1) 월간 『순수문학』 2020년 1월호 55쪽(발행 월간 순수문학사, 서울). (2) 『한국 현대시』 제28호 2022년 하반기호 65쪽(발행 한국현대시인협회, 서울. 2022. 12. 15.)

* **[참고] 시 '백두산 바라보며'는 영어로 번역되고, 가곡으로 작곡되어 음반에 실림.**

  시 '백두산 바라보며'는 김용재(Kim Yong-jae) 영문학 박사(국제PEN한국본부 이사장)에 의해 영어로 번역되어 『Poetry Korea Volume 12, 2021』에 수록되었다. 이종록 전북대학교 명예교수(한국작곡가회 상임고문)에 의해 가곡으로 작곡되어 악보는 이종록 작곡집 『나 억새로 태어나도 좋으리』 93~95쪽(발행 문학공원, 서울, 2020. 1. 15.)에 수록되고, 소프라노 최윤정 서울대학교 성악과 강사의 노래로 『Composer Lee Jong-Rok Songs. Vol. 38』(작곡가 이종록 가곡 제38집. 제작 C&C, 서울. 2020. 2.)과 인터넷 YouTube에 실리었다.

Looking at Baekdusan Mountain

Hur Man-gil
Trans. Kim Yong-jae

The holy Korean Peninsula passed down by ancestors.
Somehow, We can't go to the closer way,
Turning around, climbing up another land,
Do we just look at Baekdusan mountain.
Cheonji Lake are peaceful, the water of the Yalu River.
Holds hands with Han River in the West Sea.
When will we destined to be together
Be able to go back and forth freely?

The precious Korean Peninsula
that has been protected for generations.
Sad, we can't go to the straight way,
Far away, stepping on another's land,
Do we just look at Baekdusan Mountain.
The sky is not divided into north and south,
The Flowers from far away welcome us,
When will we destined to be together

Be able to go back and forth freely?

* **출전**: 『Poetry Korea Volume 12, 2021』 157쪽(Edited by United Poets Laureate International Korea Center, 국제계관시인연합 한국본부. Published by Orum Publisher, Daejeon, Republic of Korea. 2021. 12.)

* **Kim Yong-jae(김용재)**: Poet. Ph.D. in Literature. 국제계관시인연합 한국본부 회장(The Chairman of United Poets Laureate International Korea Center). 국제PEN한국본부 이사장(The President of International PEN Korea Center). 전 대전대학 영문학과 교수. 전 미국 University of Southern California 객원교수

백두산 바라보며

허만길 작사
이종록 작곡

2020년 ♩ = 80 - 84
mp
mf
조 상 이 물 — 려 준 거 룩 한
대 대 로 지 — 켜 온 소 중 한
한 반 도 어 쩌 다 가 까 운 길
한 반 도 슬 프 다 곧 장 갈 길

13
— 못 가 고 둘 러 둘 러 남 의 땅 올 라
— 못 가 고 멀 리 멀 리 남 의 땅 딛 고
17
서 우 리 쪽 백 두 산 바 라 만 보 —
서 우 리 쪽 백 두 산 바 라 만 보 —
21
mf
나 천 지 는 평 화 롭 고 압 록 강 물
나 하 늘 은 남 — 과 북 나 뉘 지 않
25
f
은 서 해 에 서 — — — — 한 강 물 손 잡 는 데
고 저 멀 리 꽃 — 들 은 — 반 — 겨 오 라 는 데

mp
한 겨 레 한 운명 — 우리
한 겨 레 한 운명 — 우리
는 — 언 제 되 어
는 — 언 제 되 어
자 유 롭 게 — 오 가 려 나
자 유 롭 게
— 오 가 려 나 —

한강의 아침

여의도 날아오른 아침 새무리
너울너울 해맞이 춤 힘차고 자유롭네.
붉고 고운 태양 눈부시고 눈부셔라.
어둠에도 초롱초롱 굽이친 물결
저처럼 늠름하고 아름다울 수 있나.
저처럼 웅장하게 내 심장 파고들 수 있나.
한반도 큰 맥박 줄기찬 역사 흐름
그대 함께 지켜 왔네. 그대 함께 살아 왔네.
한강, 한강, 한강의 아침이여,
한강, 한강, 한강의 아침이여.

일렁이는 은빛 물결 희망이 빛나고
넘실넘실 금빛 물결 용기가 넘치네.
오늘도 새 아침 그대 곁에 머물며
소리 없는 그대 당부 크게 듣는다.
한반도 푸른 기상 꿈은 붉게 피고
나는 너의 햇살 너는 나의 햇살
따스한 사랑의 손 먼저 내밀라 하네.
가슴이 끓는다. 뜨거운 피 용솟음친다.

한강, 한강, 한강의 아침이여,
한강, 한강, 한강의 아침이여.

* **출전**: 『PEN문학』 통권 140호 2017년 11 · 12월호 295쪽(발행 국제 PEN한국본부, 서울. 2017. 12.)

나라사랑 옛 임들

세계를 넘고 지구를 넘고
저 무한 광대 우주로
꿈을 내미는 찬란한 조국
우리 대한민국
그 밝은 빛 알알에는
나라사랑 옛 임들의
장렬한 의지와 힘과 슬기와
숭고한 생명이
어리고 서리어 반짝인다.

우리의 땅과 얼과 운명과 역사를
버티고 꽃피우며
수난의 길목에서
내 목숨 버려 내 조국 살린
나라사랑 옛 임들 얼마나 많았던가.
얼마나 갸륵하고 거룩했던가.

아름답고 곱고 웅혼한
우리의 산과 강과 들과 바다와 하늘

나라사랑 옛 임들의
그 푸른 희생, 푸른 정신, 푸른 염원
영원히 함께 있다.

꽃별처럼 아리따운
그 푸른 희생, 푸른 정신, 푸른 염원
우리 영원히 잊지 말아야 한다.

* **출전**: 『PEN POEM』 2호 '한국을 그리다' 323~324쪽(발행 국제 PEN한국본부, 서울. 2014. 11.)

영원한 내 나라

너와 나 꿈 모여 무지개 뜰 얼굴
그대 영원함에
소망 꽃씨 심습니다.

너와 나 하얀 마음으로 고울 얼굴
그대 영원함에
진실 꽃씨 심습니다.

너와 나 땀 배어 사랑 나눌 얼굴
그대 영원함에
걸음걸음 실천 꽃씨 심습니다.

그대 영원함을 위해서라면
새벽하늘 가득 떠 있는 별처럼
심어야 할 꽃씨 참 많습니다.

* **출전**: 『한국 현대시』 제8호 2012년 하반기호 86쪽(발행 한국현대시인협회, 2012. 12.)

나라와 겨레 위해

이 강산 곳곳마다 보람의 소리들
내 나라 잘 사소서, 희망이 벅차다.
번영을 누리려면 평화도 가꿔야지
부지런히 부지런히 새롭게 일하세.
손잡고 손잡고 도우며 살아가세.

생기 찬 웃음마다 새로운 기적들
내 겨레 복되소서, 슬기가 넘친다.
새 역사 닦으려면 문화도 가꿔야지.
부지런히 부지런히 새롭게 일하세.
손잡고 손잡고 도우며 살아가세.

앞세우는 태극기에 떨치는 나라 힘
겨레 소망 꽃피소서, 진리가 돕는다.
영광을 다지려면 행복도 가꿔야지.
부지런히 부지런히 새롭게 일하세.
손잡고 손잡고 도우며 살아가세.

* **출전**: 허만길 시집『열다섯 살 푸른 맹세』111쪽(발행 푸른사상사, 서울. 2004. 11.)

악성 우륵 찬가

옛 가야에서 신라에서
우리 음악 가야금 곡
씨 뿌리고 꽃피우셨네.
가실왕도 진흥왕도 임의 빼어난 재주
사랑하고 높이셨네.
빛이 하늘 길 열듯이
임의 하고많은 가락들
아름다움의 빛의 길 열었네.
노래와 춤도 재능 따라 가르치셨네.
성열현에 국원에 임의 자리 곳곳에
열두 줄 어여쁜 슬기로운 소리
지금도 깨어날 듯 어깨 흥이 솟는다.
거룩하시다. 길이 우러름 되시는
음악 성인 우륵 선생
악성 우륵 선생, 우륵 선생

* **출전**: (1) 월간 『순수문학』 2014년 3월호 146쪽(발행 월간 순수문학사, 서울. 2014. 3.). (2) 『제4회 의령 우륵 탄신 기념 학술 세

미나 자료집』(발행 우륵문화발전연구회, 경남 의령군. 2014. 6. 27.). (3) 허만길 시집 『아침 강가에서』(발행 월간 순수문학사, 서울. 2014). (4) 『2017년 제6회 의령 우륵 학술세미나 자료집』 178쪽(발행 우륵문화발전연구회, 경남 의령군. 2017. 9. 16.)

* **[참고] 시 '악성 우륵 찬가'는 영어로 번역되고, 가곡으로 작곡되어 음반에 실림.**

시 '악성 우륵 찬가'는 김인영(Kim In-young) 문학 박사(국제PEN한국본부 번역위원회 위원)에 의해 영어로 번역되어 『Poetry Korea Volume 10, 2020』에 수록되었다. 이종록 전북대학교 명예교수(한국작곡가회 상임고문)에 의해 가곡으로 작곡되어 악보는 『이종록 작곡집 꽃들의 이야기』 164~169쪽(발행 도서출판 문학공원, 서울. 2016. 7. 25.)에 수록되고, 소프라노 김순영 한세대학교 초빙교수 노래로 『가곡동인 제15집』 음반(제작 C&C, 서울. 2016. 8.)과 인터넷 YouTube에 실리었다. 악보는 『2017년 제6회 의령 우륵 학술세미나 자료집』 264~269쪽(발행 우륵문화발전연구회, 경남 의령군. 2017. 9. 16.)에도 수록되었다.

A Hymn to Ureuk,
the Great Musician of Korean Antiquity

Hur Man-gil

Trans. Kim In-young

During the ancient time of Gaya confederacy and Silla kingdom
a great musician planted the seeds for our music
making them flourish with the 12 strings of kayakum
King Kasil and King Jinheung both in love with his music
praised very highly of his musical genius.
As lights opens the pathway in the sky
the melodies he made with fingers created
another pathway leading towards sublime beauty
helping us learn singing and dancing
In the provinces of Sungyulhyun and Kookwon
where he once lived resonate the melodies coming out of kayakum
with 12 strings, making us bounce our shoulders in tune with them
How great he was, still respectful and venerated,
The musical genius in our history

Ureuk, the great musician of Korean antiquity

* **출전**: 『Poetry Korea Volume 10, 2020』 129쪽(Edited by United Poets Laureate International Korea Center, 국제계관시인연합 한국본부. Published by Orum Publisher, Daejeon, Republic of Korea. 2020. 12.)

* **Kim In-young(김인영)**: 서강대학교 문학 박사. 미국 피츠버그 대학교 석사(Pittsburg University. MA). 국제PEN한국본부 번역위원회 위원. Secretary-general of United Poets Laureate International Korea Center(국제계관시인연합 한국본부 사무총장)

악성 우륵 찬가

2014년 작시. 2016년 작곡

허만길 시
이종록 곡

13
꽃 피 우 셨 - 네 - 가 실 왕 도 진 흥 왕 도
17
임 의 빼 어 난 재 주 - 사 랑 하 고 높 이 셨
21
네 -

mf
f
가 실 왕 도
진 홍 왕 도
임
의
빼 어 난 재
주
-
사랑 하
고 높 이 셨
네
-
mf
mp
mf
빛
이
하 늘 길 열
듯
이
-
임

37
의 하 고많은가 락 들 아 름다움의 빛 의 길 열 었
37
37
41
f
네 - 노래와춤 도 재 능 따 라 가 르치 셨 -
41
41
45
네 -
45
mf
45

49
mf
성 열 현 에
f
rit.
a tempo
53
f
국 원 에 임 의 자 리 곳 곳 에 - 열 두 줄 어 여
57
mp
쁜 슬 기 로 운 소 리 - 지 금 도 깨 어 날 듯

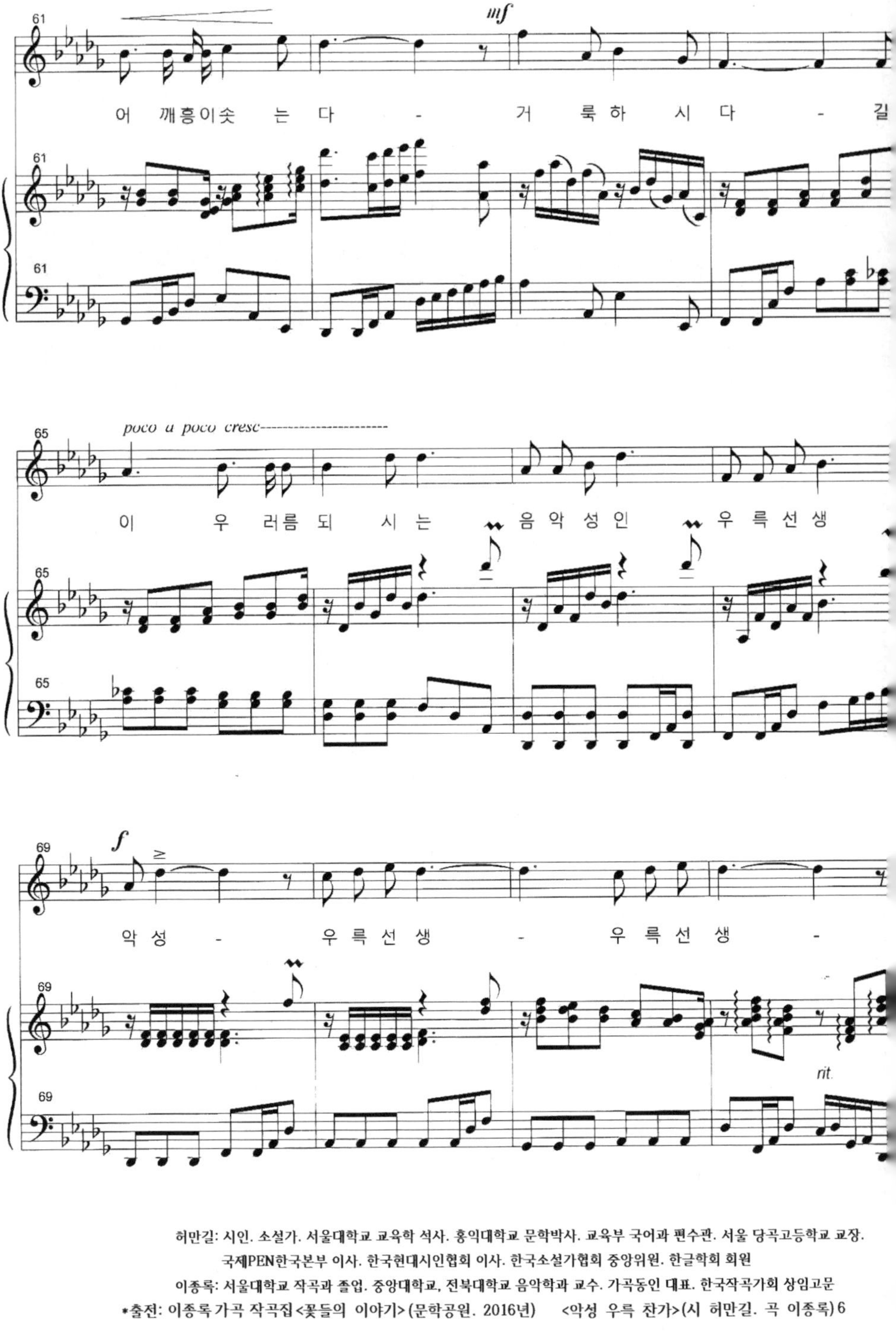

허만길: 시인. 소설가. 서울대학교 교육학 석사. 홍익대학교 문학박사. 교육부 국어과 편수관. 서울 당곡고등학교 교장. 국제PEN한국본부 이사. 한국현대시인협회 이사. 한국소설가협회 중앙위원. 한글학회 회원

이종록: 서울대학교 작곡과 졸업. 중앙대학교, 전북대학교 음악학과 교수. 가곡동인 대표. 한국작곡가회 상임고문

*출전: 이종록 가곡 작곡집<꽃들의 이야기>(문학공원. 2016년) <악성 우륵 찬가>(시 허만길. 곡 이종록) 6

으뜸 글자 한글

그대 초롱초롱 눈빛 바다는
누구나의 깊은 마음 꽃잎으로
쉽게 떠오르게 한다.
누구나의 숨은 마음
분홍빛 봄바람으로
편하게 피어나게 한다.

사랑을
사랑이라 하고 싶을 때면
그리움을
그리움이라 하고 싶을 때면
어느새 손끝 종이에
사랑이든 그리움이든
샘물처럼 흘러내린다.

말 못 하는 사람에게도
온갖 말을 은빛 하늘로
가을 고추잠자리처럼 날아오르게 한다.

세상에는
그대 비슷한 친구들 제법 있지만
쉽고 편하고 무엇이든 그려내고
태어날 적부터 과학을 품고
하늘, 땅, 사람의 이치 두루 갖춘
이름 아름답고 뜻 좋은 한글
한글 그대가 으뜸이다.

* **출전**: 『2015년 세계한글작가대회 기념문집』 239~240쪽(발행 국제 PEN한국본부, 서울. 2015. 9.)

서울의 새 아침

북악이 잠을 깨네, 관악이 눈을 뜨네.
한강이 꿈이 핀다, 서울이여 눈부셔라.
뜨거운 가슴마다 샘솟는 정을 갖고
가정은 단란하고 일터는 보람차리.
영광이 함께 있다. 서울의 새 아침이여.

도봉이 빛 서리네, 남산이 아름답네.
한강이 꿈이 핀다, 서울이여 눈부셔라.
만나는 얼굴마다 상냥한 웃음 띠고
슬기는 넘쳐나고 행복은 출렁이리.
영광이 함께 있다, 서울의 새 아침이여.

* **출전**: (1) 허만길 시집 『열다섯 살 푸른 맹세』(발행 푸른사상사, 서울. 2004). (2) 서울특별시 지하철역 승강장 게시(2012년 10월부터 3년간)

제3부

사랑과 희생 가득 어머니

[김해 허(許)씨 계보와 허만길]

허(許)씨는 가락국 김수로왕의 황후 허황옥(許黃玉. 보주 황태후)을 시조로 한다. 뒤에 허황옥의 35세손 허염(許琰. 가락군. 고려 중엽)은 김해(경남) 허씨의 중시조가 되고, 33세손 허강안(許康安)은 하양(경북) 허씨의 중시조가 되고, 30세손 허선문(許宣文)은 양천(경기도) 허씨의 중시조가 되고, 30세손 허사문(許士文)은 태인(전북) 허씨의 중시조가 되는 등 많은 새로운 본관과 중시조가 나왔다.

김해 허씨 1세 허염(許琰. 가락군)의 후손은 허군언(許君彦. 김해 허씨 2세), 허자(許資. 3세), 허연(許延. 4세), 허유전(許有全. 5세. 시중공. 충목공), 허영(許榮. 6세), 허기(許麒. 7세. 정절공. 호은공), 허유신(許惟新. 8세), 허려(許旅. 9세), 허원보(許元輔. 10세. 예촌공. 1455~1507년), 허수(許琇. 11세. 참봉공. 1478~1539년), 허안정(許安鼎. 12세), 허주(許澍. 13세), 허욱(許稶. 14세), 허창간(許昌幹. 15세), 허겸(許謙. 16세), 허식(許湜. 17세), 허황(許榥. 18세), 허운(許熉. 19세), 허학(許壆. 20세. 매헌공. 1775~1846년), 허탁(許琢. 21세. 1797~1831년), 허준(許濬. 22세)으로 이어졌다.

허만길의 고조부는 김해 허씨 22세손 허준(許濬: 양력 1829~1898. 3. 16.) 선생이니, 첫째 부인은 진양(晋陽) 강씨(姜氏: 양력 1827. 4. 8.~1851. 3. 4.)이고, 후처는 안동(安東) 권씨(權氏: 양력 1832. 10. 19.~1891. 12. 5.)이다.

허만길의 증조부는 김해 허씨 23세손 허억(許檍: 양력 1856. 3.

17.~1886. 2. 16.) 선생이니, 부인은 광산 김씨 김덕광(金德光: 양력 1858. 12. 5.~1934. 4. 27.) 님이다. 슬하에 친아들이 없어 허억 선생의 남동생 허춘중(許椿中)의 장남 허종성(許宗成) 선생을 양자로 들여 대를 이었다.

허만길의 조부는 김해 허씨 24세손 허종성(許宗成: 양력 1891. 6. 2.~1951. 8. 31.) 선생이니, 부인은 경주(慶州) 최(崔)씨 최성경(崔成景: 양력 1889. 1. 14.~1964. 2. 13.) 님이다. 슬하에 3남 3녀가 있었다. 장남 김해 허씨 25세손 허경도(許敬道: 양력 1907. 9. 30.~1978. 5. 20.) 선생과 부인 담양(潭陽) 전(田)씨 전난귀(田蘭貴: 양력 1905. 11. 7.~1965. 5. 25.) 님 사이에는 두 딸만 있고 아들이 없었다. 둘째 아들 허찬도(許贊道: 양력 1909. 6. 17.~1968. 12. 21.) 선생과 부인 광주(光州) 노(盧)씨 노갑선(盧甲先: 양력 1908. 9. 12.~1998. 7. 31.) 님 사이에는 큰딸 허맹준(許孟俊: 양력 1933. 6. 4.~1960. 2. 27.), 아들 허만길(許萬吉: 양력 1943. 3. 21.~), 작은딸 허맹임(許孟任: 양력 1946. 2. 24.~1985. 5. 26.)이 있었다. 셋째 아들 허복도(許福道: 양력 1915. 1. 19.~1986. 9. 26.) 선생과 부인 문화(文化) 유(柳)씨 유외헌(柳外軒: 양력 1916. 8. 27.~1994. 12. 2.) 님 사이에는 한 딸과 한 아들을 두었다.

김해 허씨 26세손 허만길은 백부모(허경도. 전난귀)에게서 아들이 없었으므로, 고조부모의 기제사를 지내 오다가 문중에서 시제로 올렸으며, 증조부모, 조부모, 백부모, 부모의 대를 잇는 종손으로서 제사를 지내 왔다.

할아버지의 사랑

학문 깊고 성품 곧고 바르신
내 할아버지 허종성(許宗成) 선생은
경남 의령군 칠곡면 도산리 252번지에서
양력 1891년 6월 2일에 태어나시고
1951년 8월 31일 이 세상을 떠나셨다.

일제의 한국(대한) 강점기에
대한 독립 되찾아야 한다는 말
조상의 피 부끄럽게 하지 않아야 한다는 말
잠시도 놓지 않으셨다.

28살 3.1독립 운동 만세에
10살 된 둘째 아들 허찬도 선생과 앞장서셨다가
경찰서에 구속되어
무척이나 고초를 당하셨다.

3살 적부터 천자(千字) 책 겨드랑이에 끼고
서당에 다니던 친손자 나를
한없이 기특하게 여기시며

나의 책 읽는 소리
몹시도 칭찬하셨다.

할아버지 생전에 아들은 셋이어도 친손자는
나 혼자뿐이었는지라
동네 사람들과 일가친척들은
나를 일컬어 삼가(三家) 독자
세 집 외동아들이라 하였고
할아버지는 내 손자 내 핏줄이 제일이라며
내게 사랑 듬뿍 주셨다.

6.25전쟁 첫해
불편한 몸을 아들 등에 업히어
산골 마을 이집 저집에서 피난하셨고
이듬해 환갑 지내시고
내 나이 8살에 돌아가시기 전까지
사랑방에서 오래도록 앓고 계시면서도
나의 글공부 소리 듣기 좋아하셨다.

할아버지 돌아가신 직후
내가 꼭 잡아 드린 할아버지 손목
할아버지 사랑 느낌과 함께
언제나 어제처럼 생생히 기억된다.

할아버지 돌아가시자
할아버지의 큰아들 바로 나의 백부에게
아들이 없었으므로
할아버지가 나의 고조부부터 직계로
이어 온 대를
내가 그대로 물려받아
고조부모의 기제사를 지내 오다가
문중에서 시제로 올렸으며,
나는 증조부모, 조부모, 백부모, 부모의 대를 잇는
종손으로서 제사를 지내고 있다.

할아버지의 사랑, 조상의 사랑
항상 내게서 따스하게 감돈다.

할머니의 정성

할머니 경주 최씨 최성경(崔成景) 님은
경남 의령군 화정면 상정마을에서
양력 1889년 1월 14일에 태어나시고
경남 의령군 칠곡면 도산리 252번지에서
1964년 2월 13일에 이 세상을 떠나셨다.

날마다 한결같이
해 뜰 무렵이면
감나무 아래 곱게 앉으시어
손자인 내가 잘되기를 빌고 비셨다.

할머니는 후손을
어서 많이 보아야겠다는 간절함에서
내가 초등학교에만 들어가면
혼인시켜야겠다 하시고
내가 초등학교에 입학했을 때에는
10살만 되면 혼인시키겠다고 하셨다.

76살 할머니가 돌아가실 적

나는 부산에서 초등학교 교사
4년째 되던 21살이었다.
할머니는 애타게 기다리시던
나의 혼인을 보지 못하시고
이승을 뜨셨다.

할머니는 기억력과 문장력이 뛰어나셨다.
저녁마다 모여드는 여인들에게
춘향전, 심청전, 옥단춘전,
콩쥐팥지전, 흥부전 줄줄 외시고
삼국지 이야기 술술 쏟으시면
대가족 돌보느라 긴장 쌓이고 쌓였던
동네 여인들
눈물 줄줄 흘리기도 하고
통쾌하게 웃기도 했다.

풍요로운 추석날 차례 상 차리니
증조할아버지, 증조할머니,
할아버지, 할머니,
큰아버지(백부), 큰어머니(백모),
아버지, 어머니 모이신 조상님들
할머니가 나에게 들려주시던 민요 가락
함께 즐기시는 듯하다.

우리 군주 심은 나무
삼정승이 물을 주어
육한 대사 뻗은 남게(나무에)
팔도 감사 꽃이 피어
그 끝에 열매 열어
해도 열고 달도 열고
해는 따서 겉을 하고
달은 따서 안을 하고
상별 따서 상침(질 좋은 바늘) 놓고
중별 따서 중침(중간 굵기의 바늘) 놓고
쌍무지개 선을 둘러
풍개(자두) 만개(가시 달린 나무 열매의 일종)
끈을 달아
좋은 줌치(주머니) 집어(기워) 내어
서울에 올리다가
동대문에 걸어 놓고
올라가는 구감사야
내려오는 신감사야
줌치 구경하고 가소.
그 줌치 누가 지었노?
아지미 딸 아짐기미
기지미 딸 기짐기미
우리 누(누나) 봉산기미

서이(셋이) 앉아 지은 줌치
은이라도 열다섯 량
금이라도 열다섯 량
서른 량이 본값이라.

<서사시>

사랑과 희생 가득 어머니

내 어머니 노갑선(盧甲先) 님
눈 감고 어머니 생각하면
온 세상이 어머니 사랑으로 환하다.

내 어머니 노갑선 님
양력 1908년 9월 14일
경남 의령군 의령읍 만천리 상촌마을에서
태어나셨다.
1998년 7월 31일 90살에
서울 영등포구 신길동
아들 허만길 집에서 이승을 떠나셨다.

현대식 학교 교육은 받지 못하셨지만
의령군 향장(좌수)을 지내신
조부 노정훈(盧正勳) 선생의 맏손녀,
이름난 한학자 노준용(盧準容.
족보이름 노형용 盧馨容) 선생의 맏딸로서
가정교육을 통해 글공부를 상당히 하셨다.

성품이 인자하시고 인내심 강하시고
총명하시고 기억력이 특출하셨다.
어려운 살림에 때로는 품팔이를 하시면서도
다른 사람들과 나누어 먹기를 좋아하시고
늘 책을 가까이 하셨다.
춘향전, 심청전, 흥부전, 콩쥐팥쥐전,
옥단춘전, 숙영낭자전
많은 고대소설을 줄줄이 외우셨다.

남편과 자식과 가문을 위해 희생적이셨다.
나의 할머니 최성경(崔成慶) 님이
어머니 나이 56살 양력 1964년 2월 13일에
세상 뜨신 1년 3개월 뒤 1965년 5월 25일
슬하에 돌보아 드릴 자식 없는
나의 큰어머니(백모), 어머니에게는 맏동서가
돌아가실 때까지 병구완을 하셨다.

비가 오나 눈이 오나
나의 큰집(백부모 댁)에 모신
나의 할머니 빈소에 아침저녁으로
상식 올리시고
나의 큰어머니 빈소에도 1년간
아침저녁 상식 올리셨다.

어머니 나이 60살 1968년 12월 21일
일제의 한국 강점기에 한국과 일본에서
항일 애국 활동을 하신 나의 아버지
허찬도(許贊道. 처음이름 허기룡 許己龍) 선생도
돌아가시고
어머니는 병환으로 누워 계시는
나의 큰아버지(백부)가
1978년 5월 20일 별세하실 때까지
작은딸과 외손녀와
시동생 내외의 도움 받으며
큰아버지를 보살펴드렸다.
큰어머니 돌아가신 뒤로 13년간 보살펴드렸다.
하루 세 끼 식사도 갖다 드리고
방 따뜻하도록 부엌 불도 지피셨다.

우리 가족이 진주에서 셋방살이하면서
나와 나의 여동생이 공부하는 동안
고향 의령군 칠곡면에서
버스를 타기 전이나
진주에서 버스를 내리셔서는
등에는 일찍 엄마 여윈 외손녀를 업고
머리에는 보따리를 이고

양손에는 물건을 들고 다니셨다.
어머니, 내 어머니
얼마나 삶이 무거우셨을까.
무거워도 무거움으로 여기지 않으시고
온갖 어려운 세월 사랑과 희생으로 사셨다.

어머니는 젊은 시절부터 충치로
고생하셨다.
28살 1936년에는 잇몸에
노고초(할미꽃) 뿌리 찜질을 하시고서는
부작용으로 1년 동안
입도 벌리지 못하신 채 고생하셨다.

17년쯤 뒤 내가 초등학교 시절
나는 학교에서 돌아오는 길에 우연히
충치에 허물 벗은 가재를 구워
가루로 담배를 피우면
효험이 있다는 말을 들었다.

나는 그 말 들은 것만으로도
기쁨이 벅찼다.
어머니 충치 고통 덜어 드릴 수 있다면
무엇인들 못하랴

꼭꼭 마음에 담아 온 나는
그 말 들은 것만으로도 기쁨에 벅찼다.

손에 든 책 보따리를
재빨리 마루에 던졌다.
어머니가 점심 먹으라 하시는
재촉도 아랑곳없이
부랴부랴 냇물로 달렸다.
헐떡이는 숨으로 물속의 돌 하나를 들었다.
정말 꿈처럼 정말 놀랍게도
그 첫 돌을 드는 순간 허물 벗은 가재가
헤엄쳐 솟는 것이 아닌가.
곧장 부엌에서 가재를 굽고
할머니의 담뱃대를 빌렸다.
어머니가 한 모금
가재 연기를 빨아 당기셨다.
놀랍고도 놀라운 일이었다.
한 모금 담배연기를
입 안 가득 채우시자마자
어머니는 약 스무 해 동안 앓으셨던
충치 아픔에서
말끔히 깨어나시는 것이 아닌가.
어머니는 꿈인지 생시인지 모르시겠다며

신기하고 신기하게 여기셨다.

나는 그 말을 말해 준 사람이 고맙고
가재가 고맙고
온 세상이 고맙고 어머니가 고마우셨다.
일가친척들이 신통하게 여겼다.
온 동네 사람들이 신통하게 여겼다.
어머니는 이 일을 평생토록 잊지 않으셨다.

어머니는 결혼한 두 딸을
일찍 세상 떠나보내시고
큰 슬픔의 고통을 안고 지내셨다.
나보다 10살 위인 누나는
26살 1960년 2월 27일
2살 채 안 된 큰딸과
생후 반년 안 된 작은딸을 두고
세상 떠났으니
부모님을 비롯한 우리 가족의 슬픔은
세상이 캄캄했다.
나보다 3살 아래인 여동생은
친정 식구들의 온갖 노력과 기도에도
39살 1985년 5월 26일
한창 자랄 나이 9살, 16살, 17살

세 아들을 두고 세상 떠났으니
또 다시 어머니를 비롯한
우리 가족의 슬픔은
어찌 다 말할 수 있겠는가.

내가 1967년부터 서울에서 살림하는 동안
어머니는 고향과 서울을
왔다 갔다 하시다가
86살 1994년 10월 26일부터는
늘 서울에 계시다가
90살 1998년 7월 31일
좋은 하늘나라 오르셨다.
현모양처로 마음씨 곱고 고우시고
사랑과 희생 가득하신
내 어머니의 이 세상 일생
아무리 기리고 기리어도 모자람이 없도다.

어머니는 처녀 시절
무명실 만들기 위해 물레를 돌리시거나
삼베 올 만들기 위해
삼을 삼을 때 부르시던 민요를
가끔 읊조리셨다.
어머니의 민요 가락은

별빛에서 별빛으로 흐르는 빛 무늬처럼
은은하고 은근하고 고왔다.

어머니 71살 1980년 1월 어느 날
어머니가 부르시는 민요 가락이
예사로 들리지 않아
나는 내 아들더러 할머니가 부르시는
민요를 글로 받아써 보라 했다.
'강남땅 강대추', '상추 씻는 저 처녀야',
'쌍금쌍금 쌍가락지', '황금 같은 꾀꼬리',
'바람아 부실란가', '물레야 빼빼 돌아라',
'나물 캐러 감세', '형아 형아 사촌형아',
'딸아, 좋은 소문 들리게' 민요 10편을
나의 시집 '당신이 비칩니다'(2000년) 부록에
'어머니의 민요 추억'이라는
큰제목 아래 실었다.

고마우신 어머니
보고 싶은 어머니
사랑과 희생 가득하신 내 어머니
어머니 그리울 적마다
어머니의 민요 가락 보배처럼 떠오른다.

* **출전**: 월간 『한국국보문학』 2023년 4월호 78~85쪽(발행 도서출판 국보, 서울)

꽃다운 누나의 죽음

무슨 꿈같은 소리
무슨 날벼락 같은 통곡
내 누나 허맹준(許孟俊) 님
양력 1933년 6월 4일(음력 5월 12일)
경남 의령군 칠곡면 도산리 도산마을에서 태어나
17살 1950년 12월 1일에 혼인하고
아직도 예쁜 청춘의 나이 26살밖에 안 되었는데,
오늘 1960년 2월 27일(음력 2월 1일)
나의 누나
이 세상 덧없이 떠났다고 그러네.
한 맺히게 떠난 나의 누나 어이할꼬.
우리 가족의 기막힌 슬픔 어이할꼬.

나는 16살 고등학교 학생
내가 성장하여
누나의 희생 어린 우애에
기쁨의 꽃다발 바쳐야 할 일
태산처럼 많은데,
그날의 기쁨들 기다리지도 못하고

나의 누나 비통하게 떠났네.
누나야, 누나야,
슬픈 누나야.
누나야, 누나야,
내 애끊는 슬픈 누나야.

뛰어난 재주
지극한 효심
내 누나

혹독한 일제 강점기
매서운 일본 땅에서
항일 애국 활동하던 아버지가
1941년 2월 나의 어머니와 7살 누나를
조국 고향에서 일본으로 이사하게 했지.

누나는 일본 이름 도시코(俊子)로 불리며
어머니에게 일본말 통역을 잘하여
주위 사람들로부터 똑똑하다는 평 들었지.

1943년 3월 내가 태어나자
아버지는 기쁜 마음으로
9살 누나를 교토부(京都府) 구세군(久世郡)

오쿠보(大久保) 심상소학교 3학년에
편입학시켰다.
교사는 누나의 글재주에 놀라
동네 사람들이 볼 수 있도록
집 대문에 누나의 글을 붙이도록 했다.
나의 누나, 재주 뛰어난 천재 누나

아버지가 34살 1943년 9월
일본 오쿠보 비행장에서 노무자 일을 하다가
일제에 강제 징병되어
시가켄(滋賀縣) 훈련소 병실에 누웠을 적
일본인 군의관 우두머리 군의장에게
“아저씨도 고향에는 보고 싶은 가족이 있겠지요?
우리 아기동생은 아버지의 얼굴도 모르고
‘아빠, 아빠.’ 하고 부른답니다.
우리 아버지 어서 우리 집으로 보내 주셔요.”
그리도 당차게 말하여 군의장을
감동시켰던 천재 소녀

누나 나이 11살 1944년 7월
어머니와 누나와 나는 조국 고향
경남 의령군 칠곡면 도산리 도산마을
260번지로 돌아왔다.

누나는 수예 솜씨가 뛰어나
혼인집 수예품들은 누나의 손결로 아름다웠지.
혼인 후에는 옷 맞춤 재봉틀 솜씨
동네 사람들의 칭찬도 자자했지.
두 돌도 채 안 된 귀여운 첫딸
난 지 다섯 달 될락 말락 둘째 딸
그렇게 어리게 남겨두고
누나는 어이 눈을 감았을까.

처녀 시절 가난에 시달려
한 술 밥도 힘들던 시절
누나는 밥상 앞에 앉아 숟갈도 들지 않고
부엌에서 배불리 먹었다며 한사코 끼니 사양하며
두 동생 한 숟갈이라도 더 먹기를 바랐었지.

누나야, 누나야,
슬픈 누나야.
누나야, 누나야,
내 애끊는 슬픈 누나야.
스물여섯 살 꽃다운 나이의
아름답고 고운 누나야.
누나가 좋은하늘나라에 오르도록

내가 기도하고 기도할게요.

사촌누님 산소 성묘

사촌누님 허정자(許貞子) 님
사촌누님은 나보다 3살 위
양력 1940년 8월 30일
일본 교토시 야나기우치쵸(柳內町) 92번지에서
태어났다.

일본에서 내가 태어난 지 1년 지나
나의 어머니와 나의 누님과 내가
일본 시모노세키에서 연락선을 타고
살벌한 연락선 안의 분위기 속에
물살 세찬 현해탄을 건너
조국 고향으로 돌아올 적
숙모님과 사촌누님도 함께했다.
고향 경남 의령군 칠곡면 도산마을에서
가까이 살고 가까이 지냈다.

사촌누님은 성(成)씨 댁
둘째 아드님과 결혼 후
시댁 의령군 궁류면 계현리에서

시어머님을 모시고 살았다
부산에서 초등학교 교사로 근무하던 나는
여름방학을 맞아 사촌누님 댁을 찾아
사장어른의 따뜻한 대접을 받았다.
내가 부산에서 중학교 교사로 근무할 때
사촌누님은 부산에서 새살림을 차렸고
나는 가끔 사촌누님 댁에 들러
귀여운 어린 조카들과 놀았다.

내가 서울에서 고등학교 교사로 근무할 적
나는 먹구름 속 천둥 같은
갑작스러운 전화 연락을 받고
급히 부산으로 갔다.
사촌누님 가족이 교통사고를 당한 것이다.
사촌매형이 운전하는 차를 타고 나들이하다가
사촌누님과 세 조카가 한순간에
세상을 달리했던 것이다.

어둠이 어둡다 한들
이렇게 슬프게 어두울 수 있으랴.
사촌누님은 32살 1973년 2월 11일
마지막 말도 남기지 못하고
세상을 달리했다.

바람이 사납다 한들
이렇게 모질고 아프게 사나울 수 있으랴.

나는 부산에 가는 날이면
사촌누님의 산소를 찾았다.
어두운 저녁에는 전등불을 들고서라도
꽃을 들고 음식을 들고
부산시립공원묘지를 찾았다.
절하고 기도하며
하늘 허공 바라보며 사촌누님을 그리고
무덤 없는 세 조카의 이름 부르며
명복을 빌었다.

사촌매형 성우현 님이 돌아가신 뒤
사촌매형 형제들이 사촌누님의 산소를
2010년 9월 성씨 문중 묘지로 이장한 뒤
나는 오래도록 산소에 성묘하지 못했다.

내가 아니면 사촌누님 산소를
누가 다정하게 찾으랴.
나는 2022년 5월 1일 묻고 물어
의령군 궁류면 계현리
성씨 문중 묘지를 찾아 사촌누님에게

다과 올리고
세 아이들도 생각하였다.
산새들은 내 마음을 아는지 모르는지
지저귀기만 하고
푸른 나뭇잎들은 진한 향기 뿜으며
하늘거리기만 했다.

귀여운 세 아이들의 이름
내 아니면 누가 기억하랴.
귀여운 세 아이들의 이름
내 아니면 글자로 남길 이 뉘 있으랴.
사촌누님의 큰아들 성영재(成永才)야,
작은아들 성종석(成宗石)아,
딸 성은하(成銀河)야,
하늘나라 좋은 곳에서 즐겁게 지내느냐?
외갓집 아저씨가 너희들을 사랑한다.
너희들을 위해 기도한다.

딸을 일찍 여의시고 평생토록 슬퍼하신
나의 숙부 허복도(許福道) 선생은
양력 1915년 1월 19일 태어나시고
1986년 9월 26일 별세하셨다.
나의 숙모 문화 유씨(柳氏) 유외헌(柳外軒) 님은

양력 1916년 8월 27일 태어나시고

1994년 12월 2일 별세하셨다.

<서사시>

여동생을 생각하며

내 여동생 허맹임(許孟任) 님은
큰 키에 미모가 뛰어나고 단정하고
머리 총명하고 참을성이 강했다.

나보다 3살 아래로서 양력 1946년 2월 24일
경남 의령군 칠곡면 도산리 260번지에서
태어나자,
나는 민속에 따라 짚으로 새끼줄을
왼쪽(시계 반대 방향)으로 꼬아
솔가지, 검정 숯, 미역을 꽂아
사립문에 걸었다.
여자 아기가 태어났음을 알리고
부정 타지 않도록 하려는 뜻이었다.
남자아기가 태어나면
새끼줄을 오른쪽으로 꼬아
솔가지, 검정 숯, 미역, 고추를 꽂는다.

여동생 4살일 때
17살 나이로 1950년 12월 1일 결혼하고

9년 뒤 일찍 세상을 떠난
언니의 자리를 메우는 일도 했다.
가족들의 마음을 잘 살피고
2살 되기 전 엄마 여읜
언니의 딸을 잘 돌보아 주었다.

내가 진주에서 진주중학교와
진주사범학교에 재학하는 동안
여동생은 진주봉래초등학교를 졸업하고
경상남도립 2년제 진주여자잠사중학교에
수석 입학 장학생이 되자
진주봉래초등학교 구내 이발소에서
일하시던 아버지는 학교 선생님들로부터
많은 축하를 받으시고 기분이 좋으셨다.
여동생은 진주여자잠사중학교를 수료하고
진주대아중학교를 졸업했다.
고향에서 의령농업고등학교(*뒷날 의령고등학교)를
졸업하고서
부산에서 중학교 교사로 근무하던 나와 함께
1966년부터 부산 생활을 했다.

타자학원에서 한글타자 영문타자를 공부하여
약 8개월 동안 회사의 경리과에 취직한 뒤

공무원 채용 시험 합격으로
1967년 3월 17일부터 9달 동안
경상남도 경찰국장실 비서 겸 타자수였고
21살 이른 나이로
1967년 12월 18일 결혼했다.
여동생은 짧은 공무원 생활이었지만
직장에서 능력 뛰어나고
예의 바르다는 평을 받는 것을 기뻐했다.

내가 서울에서 고등학교 교사로 근무할 때
여동생 내외는 1968년 10월에 태어난
첫 아들의 아빠 엄마가 되어
1969년 4월 21일 서울에 왔다.
아기는 어려도 의연해 보이고
웃는 모습이 몹시도 덕스럽고 귀여웠다.
나는 단칸 셋방살이를 하고 있은지라
여동생 가족이 머무는 여관으로
아내가 만든 여동생이 좋아하는
물김치를 우유봉투에 넣어
출렁출렁 들고 가면서
어려운 환경에서 자란 여동생에게
이렇게라도 해 줄 수 있어 기뻤다.

1969년 11월에 태어난 둘째 아들은
순한 얼굴에 웃음이 귀엽고
눈이 초롱초롱 빛났다.
여동생 내외는 1976년 4월에 태어난
셋째 아들을 데리고
6월에 서울 나들이를 했다.
아기는 복스럽고 건강하고
똑똑한 모습이었다.

여동생은 1980년 서울로 이사하여
살림 형편도 점점 자리 잡아 가고
아이들도 모범적인 학교생활을 했다.

그런데 몸이 좋지 않아
서울강남성모병원에 입원한 여동생은
뜻밖에도 1984년 11월 26일
위암과 간암 진단을 받았다.
나의 단 하나의 여동생
나는 어쩔 바를 몰랐다.
어찌하여야 여동생을 살릴 수 있을까.
나는 어쩔 바를 몰랐다.

아이들은 나의 생질녀(누나의 딸)가

뒷바라지했다.
나는 밤낮으로 기도했다.
날마다 0시 기도를 잊지 않았다.
모두가 잠든 밤에 하늘 향해 기도했다.
제발 내 동생이 살도록 도와주세요.
여동생은 한동안 기도원 생활을 하다가
다시 병원에 입원했다.
아무런 차도가 보이지 않았다.
나는 한의원을 찾아다녔다.
서울에 있는 한의원은 물론
암 치료를 잘한다는
경기도 양주군에 있는 한의원에서
약을 짓기도 했다.
여동생에게 영지버섯을 달여 가고
율무를 끓여 갔다.
내가 침술학원에서 배운 실력으로
침을 놓아 주기도 했다.

여동생을 살릴 수만 있다면 무엇이든
하여야 했다.
절을 찾아 기도하고
산을 찾아 기도했다.
아내와 함께 무속인을 찾아 굿을 하고

무속인은 매일 특별 기도를 했다.
부적을 사용하기도 했다.
나의 매제(여동생의 남편)는 매제대로
많은 노력을 하였다.

1985년 5월 26일 일요일 오후 4시
내가 병실에서 나오려니
"오빠, 가지 마아."
여동생은 힘들게 말하고
주사를 맞은 뒤 잠이 들었다.
나의 아내와 생질녀가 자리를 지키고
내가 먼저 집으로 왔다.
매제가 병실에 온 뒤
아내는 내일 초파일 무속인이
여동생을 위해 기도할 경비를 전하기 위해
자리를 비우고
생질녀도 아이들을 돌보기 위해
자리를 비웠다.
여동생이 매제에게 올케언니를 찾았다.
매제는 언니가 기도하러 갔다고 했다.

밤 11시경 매제가 나에게 전화했다.
"방금 운명했어요."

내가 살리지 못한 내 여동생
39살 1985년 5월 26일 10시 40분
아직도 젊은 고운 나이인데
내 여동생이 이승을 떠났다.
여동생은 간호원실 안쪽 방에서
가만히 누워 있었다.
흰 천을 벗겨도 말이 없었다.
오빠가 왔으나, 말이 없었다.
얼마나 고통스러웠을까
얼마나 힘들었을까.
긴 고통의 긴 시간 뒤에
남은 것이 이런 허무함인가.
살아가는 것도 힘든 인생이고
죽는 것도 힘든 인생이구나.
하늘도 땅도 해도 달도 별도
바람도 어둠도 허공도
나에게 아무 말을 하지 않았다.
나에게 아무 말을 하지 못했다.

병원 침대에 누워서
어서 집에 가서
아이들을 실컷 보고 싶다던 여동생이다.
온갖 고생 끝에

형편이 좀 풀릴 것 같다고 생각하자
병이 났다며 울며 하소연하던 여동생이었다.

엄마가 곁에 있어야 할
17살 고등학교 2학년, 16살 고등학교 1학년,
9살 초등학교 3학년
세 아이들에게는
무엇을 어떻게 말해야 하나.
세 아이들을 돌보며 살림을 맡았던
나의 생질녀에게도
무엇이라고 알려야 하나.
어린 막내에게는
더더욱 쉽게 말할 수 없었다.

나는 두 아들과 생질녀를
병실 바깥 조용한 곳으로 데리고 갔다.
바깥 하늘 반달도 웃음을 잃고
가슴 조이며 슬퍼하고 있었겠지.
"엄마가 조금 전 세상을 떠났다.
어쩔 수 없는 일이다.
사람은 이승에서만 사는 것이 아니고,
저승에서도 산단다."
두 아들과 생질녀가 이성을 잃다시피 통곡했다.

큰아들이 안치실로 달려갔다.
우리 다섯은 안치실에서
조용한 모습의 나의 여동생을 보았다.
안치실을 나오면서 나는 여동생에게 말했다.
“네가 오늘 밤이라도 다시 살아난다면
저 문을 두드려라. 내가 열어 줄 테니.”
자정이 훨씬 지난 시각
나와 나의 생질녀는
여동생이 누워 있던 병실로 가서 짐을 챙겼다.
입술 깨문 슬픔 속
말할 수 없는 허전함이 온 사방에 꽉 찼다.

생질녀의 남편이 고향에 가서
나의 어머니를 모셔 왔다.
나의 집에 도착하신 뒤에야
여동생이 세상을 떠났음을 말씀드렸다.
어머니는 울음으로 숨이 막히셨다.
어머니는 큰딸도 일찍 잃고
작은딸도 이렇게 잃었다며 기진맥진하셨다.
세 어린 자식들을 두고
어떻게 갈 수 있냐고 목이 메셨다.
나는 어머니께 안정제를 드시게 했다.

다음날 나는 여동생의 육신이
쉴 수 있는 묏자리를 정했다.
세상 떠난 3일째 장례 발인제에서
나는 여동생에게 말했다.
"어머니와 남편과 자식과 일가친척과
이승의 모든 정든 산천초목이
동생의 이별을 슬퍼하고 있다.
참하늘나라 좋은 곳에 오르기를
오빠가 간절히 기도한다.
자비와 사랑과 아름다움의
복을 받을 것이다.
한스러움, 애처로움 훌훌 떨쳐라.
거기서 아버지와 언니와
조상님도 만날 것이요,
친구도 만날 것이요,
하느님도 만날 것이요,
부처님도 만날 것이요,
새로운 많은 이들을 만날 것이다.
부디 거기서 편안하고 아름다운 마음으로
복된 삶을 누리도록 해라."

나는 장례 하관식에서
좋은 기운 충만한 땅, 거룩한 땅,

가호받는 땅, 복된 땅이기를 기도했다.
다시 여동생에게 말했다.
"너는 이승에서 저승으로 이사 갔을 뿐이다.
무덤은 너의 이승의 육신의 집이니,
영혼은 좋은하늘나라에 있으면서
이승 육신의 집과 연결하며 편히 지내라."

장례 후 다음다음 날 5월 30일
산소에 성묘를 갔다.
나의 어머니도 함께 가셨다.
어머니는 "네가 마중나올 줄 알았는데…"
하며 막내 외손자를 안고 우셨다.

모두들 무덤에 예를 갖추고 있다가
하늘을 보고 놀랐다.
정오의 하늘 저편(남쪽)에
오색 빛깔의 상서로운 구름이
희한하게 5분 이상 서려 있었다.
저런 빛깔은 처음 본다며
여동생이 좋은 곳에 간다는 징조라고들 했다.
태양의 햇무리도 무지개를 두르고 있어,
신비한 일로 여겼다.

나는 제발 아이들이
건강하게 자라기를 끊임없이 기도했다.
여동생 세상 떠난 여러 해 뒤
새벽꿈이 성스러웠다.
"오빠."
하는 여동생의 목소리와 함께 온 세상이
환했다.
여동생이 줄무늬 있는 황금빛 옷차림을 하고
머리에는 보석 달린
투구 닮은 모자를 쓰고
몸 주위로는 둥글게 빛나는 빛을 두르고
웃으면서 환한 하늘로
천천히 오르는 것이었다.

나는 얼른 자리에서 일어나 앉아
두 손 모으고 여동생을 위해 기도했다.

무엇보다도 세 아이들이
건강하게 자라 주어서 고마웠다.
큰아들은 한의학 박사가 되고
둘째 아들, 셋째 아들도
좋은 직장에서 일하며
행복한 가정을 누리고 있으니

외삼촌으로서 기쁘기 그지없다.

아내 생각

눈부신 목련꽃 얼굴처럼
가슴 속 설레던 사랑

바람 한 결 한 결 꿀물 달고
날마다 새로 반짝이는
한결같은 그 자리
동쪽 하늘 고운 별

맑은 눈빛
그윽한 꽃결 미소
나를 향해 영원토록 자욱하다.

* **출전**: (1) 『월간문학』 2011년 5월호 37쪽(발행 한국문인협회, 서울). (2) 한국시인연대 대표시선 제30집 『한강의 미학』 507쪽(발행 한강출판사, 서울. 2021. 6.)

내 아내여서 행복이네

별처럼 맑은 눈으로
봄꽃처럼 내 영혼에 들어온
아내, 내 아내

당신이 내 아내여서
내 꿈은 언제나 따뜻하게
힘이 오르고
내 삶은 지쳐도 지침 없이 일어서는
행복이었네.

당신이 내 아내여서
나는 행복이네.
아픔도 슬픔도 다시 오를 희망이네.

어려운 살림 힘든 세월들
나는 아내 옆에서
깊은 고마움이
강물처럼 넘쳐 오르고

가슴속 사랑이
지나온 나날 살아갈 나날을
한량없이 감싼다.

당신이 내 아내여서
나는 행복이네.
아픔도 슬픔도 다시 오를 희망이네.

* **출전**: 『월간문학』 2020년 6월호 73~74쪽(발행 한국문인협회, 서울. 2020)

* **[참고] 시 '내 아내여서 행복이네'는 영어로 번역되고, 가곡으로 작곡되어 음반에 실림.**

  시 '내 아내여서 행복이네'는 김인영(Kim In-young) 문학 박사(국제PEN한국본부 번역위원회 위원)에 의해 영어로 번역되어 『Poetry Korea Volume 12, 2021』에 수록되었다. 이종록 전북대학교 명예교수(한국작곡가회 상임고문)에 의해 가곡으로 작곡되어 악보는 이종록 작곡집 『그곳에 가면』 52~55쪽(발행 씨엔씨미디어, 서울, 2021. 8. 31.)에 수록되고, 바리톤 박승혁 백석대학교 겸임교수 노래로 『Composer Lee Jong-Rok Songs. Vol. 47』(작곡가 이종록 가곡 제47집. 제작 C&C, 서울. 2021. 8.)과 인터넷 YouTube에 실리었다.

My Wife Makes Me Happy

Hur Man-gil
Trans. Kim In-young

With your innocent eyes of starlights
like a spring flower came into my soul
my dear, dear wife

Having you, my beloved wife,
always made me dream more
in compassion
even when I was exhausted and tired
making me stand up again in happiness

You make me happy
my one and only love, encouraging me
never to give up hopes even in suffering and sorrow

The times hard to make a living
I went through with you
in gratitude for you

with overflowing love

My love for you in my heart
of the past and for the future as well
gets bigger and deeper

You make me happy
my one and only love, encouraging me
never to give up hopes even in suffering and sorrow

* **출전**: 『Poetry Korea Volume 12, 2021』 160~161쪽(Edited by United Poets Laureate International Korea Center, 국제계관시인연합 한국본부. Published by Orum Publisher, Daejeon, Republic of Korea. 2020. 12.)

* **Kim In-young(김인영)**: 서강대학교 문학 박사. 미국 피츠버그 대학교 석사(Pittsburg University. MA). 국제PEN한국본부 번역위원회 위원. Secretary-general of United Poets Laureate International Korea Center(국제계관시인연합 한국본부 사무총장)

내 아내여서 행복이네

허만길 작사
이종록 작곡

2021년

내 아내여서 행복이네 1 (시 허만길 작곡 이종록)

내 아내여서 행복이네 2 (시 허만길 작곡 이종록)

내 아내여서 행복이네 3 (시 허만길 작곡 이종록)

45
mp
가 슴 속 사 랑 이 — 지 나 온 나 — 날 살 아 갈 나 날
49
f
2.
을 한 량 없 이 감 싼 — 다 네

* 작시 허만길: 서울대학교 국어교육학석사. 홍익대학교 문학박사. 시인. 소설가. 복합문학 창시. 문교부 국어과 편수관. 국제PEN한국본부 이사. 한국현대시인협회 이사. 한국소설가협회 중앙위원
* 작곡 이종록: 서울대학교 작곡과 졸업. 전북대학교 명예교수. 한국작곡가회 상임고문

* 악보수록: 이종록 작곡집 <그곳에 가면> (씨엔씨미디어. 2021)

내 아내여서 행복이네 4 (시 허만길 작곡 이종록)

조상과 가족의 고마움

아름다운 밤하늘
별들의 숨소리가 들려온다.
별들이 꿈꾸는 이야기가 들려오고
그들의 어머니를 생각하는
그리움도 전해 온다.
무한한 시간과 무한한 공간이
그물처럼 무한히 펼쳐진 별들의 세상에
제 혼자라는 개념은 없다.

사람도
무한한 시간과 무한한 공간의 우주에
혼자로 태어나고
혼자로 존재하는 것이 아니다.

나는 나의 고조부(할아버지의 할아버지)의
후손으로서
오래도록 고조부모의 기제사를 지낸 뒤
문중의 시제로 올렸다.
나는 증조부모(할아버지의 아버지), 조부모,

아들이 없는 백부모(아버지의 형님과 형수),
아버지와 어머니에게로 이어지는 종손이다.
나는 고조부모, 증조부모의 얼굴은 모른다.
나는 나의 조상이 있었기에
내가 있음을 고맙게 여긴다.
얼굴을 알든 모르든 나의 조상은
후손들의 번성과 행복을 기원하셨음을 알기에
나는 더욱 조상을 고맙게 여긴다.

나의 아버지와 어머니는
나의 학업을 위해
온갖 노력과 고생을 겪으셨다.
내가 초등학교 졸업이 다가오자
농촌 생활로써는 중학교 공부를 시킬 수 없어
도시로 나가야겠다고 결심하신 부모는
구멍 난 양철 지붕에서 물 쏟아지는
단칸 셋방살이를 하면서
나와 여동생의 학업을 뒷바라지하셨다.

누나와 여동생은 나에게
많은 것을 양보하였는데
결혼 후 세상을 일찍 떠났으니
나의 애틋함은 그지없다.

일제의 한국 침략 시기
한국과 일본에서 항일 애국 활동을 하신
나의 아버지의 청렴한 삶과
곧은 의지는 나의 존경의 대상이었고
어머니의 자식 사랑과 희생은
현모양처의 거울이셨다.

내가 서울에서 고등학교 교사로 근무하면서
과로로 수업 중에 쓰러져
질병휴가와 휴직으로 지낼 때
우리 가족은 몹시 힘든 시기였다.
1980년 37살의 가난한 젊은 교육자는
72살의 어머니를 비롯한 가족과 함께
큰 시련을 겪어야 했다.
어머니의 자식 건강을 바라시는 간절함에
나는 죄스러움이 눈앞을 가리었다.

중학교에 입학한 맏딸과
초등학교 5학년 아들과
초등학교 3학년 막내딸이
학교 갈 때나 학교에서 돌아와
아버지의 기운이 어떤지를 살필 때면

학교생활이 편안하지 않을까 걱정이었다.

어머니는 고향에 농토가 조금 있으므로
생질녀(누나의 딸)와 함께 고향으로 가서
농사를 돌보시겠다고 하셨다.
1980년 3월 6일 저녁
내가 동네를 한 바퀴 돌고
집골목에 들어섰다.
내일이면 고향으로 가시게 될
어머니에 대한 죄송스러움이
눈앞을 가리었다.
어둠 속을 간신히 걸어오니,
어머니가 줄곧 나를 기다리고 있으셨다.
나는 가슴에 안고 온
바나나 다섯 개짜리 한 송이를
어머니에게 드렸다.
또 하나를 드리며 내일 차 안에서
드시라고 했다.
별도로 또 하나를 드렸다.
하나를 더 드려야 어머니가
아이들에게 주실 것 같아서였다.
그런데 어머니는 바나나 여섯 개 중
세 개를 세 손자 손녀에게

하나씩 나누어 주셨다.

나의 생일 날 세 아들딸이
카드 한 장에
엄마와 아빠의 얼굴을 합동으로 그리고,
글씨도 합동으로 써 두었다.
"축 생신", "축하합니다",
"아빠 몸 어서 나으셔요"를 큰 글씨로 쓰고,
"즐거운 인생을", "괴로움을 잊고",
"아빠, 빨리 나으셔요", "우리 아빠, 멋쟁이",
"희망과 용기를" 등 좋은 말이 가득 씌어 있었다.
나는 정성 지극한 세 아들딸을 생각하며
"하늘이시여, 이 심신의 건강을 보살펴 주소서."
하고 빌었다.

세 아들딸이 아주 어릴 때
세 아들딸은 영등포 육교에 올라
바로 발아래 철길 위를 달리는
기차 보기를 좋아했다.
아내는 저녁 식사 준비를 하고
나는 막내딸은 안고 두 아들딸은 걸리고
그 육교 위로 자주 데리고 갔다.
인제 집에 가서 밥 먹자 해도

아랑곳없이 떼쓰며 머물고 싶어 하던
사랑스럽고 귀여운 세 아들딸이
어느새 초등학생, 중학생이 되어
아빠의 아픔을 지성으로 걱정하니
나는 더욱 간절히
“하늘이시여, 이 심신의 건강을 보살펴 주소서.”
하고 빌었다.

이렇게 온 가족
햇살 같은 온 가족이 있었기에
나는 다시 교단에 설 수 있었고
어머니도 생질녀와 함께 10개월 만에
1981년 1월 19일
다시 서울에서 웃으실 수 있었다.

나의 아버지 생전에
1967년 부산에서
첫아기로 태어나(첫째 아기로 태어나)
할아버지의 사랑 담뿍 받으며
날마다 웃음꽃을 선사했던
우리 가정의 첫 보배 큰딸은
서울에서 자랐는데
조용하면서도 참을성 있게 부지런하여

학교 선생님들의 칭찬이 자자하였다.
외국 항공사에 근무하다가 가정을 이루니
사위는 회사 생활을 모범으로 하고
서울에서 태어난 외손녀(1996년생)는
원하던 직업을 가졌다.

1969년 서울에서 태어나
서울에서 자란 아들은
학창 시절 주머니에 잔돈을 넣어 다니면서
길거리에 앉은 어려운 사람들에게
조그맣게라도 희망을 주려 했는데
서울대학교와 서울대학교 대학원에서
컴퓨터공학을 전공하고
미국에서 결혼 생활을 하면서
펜실베이니아 대학교(University of Pennsylvania)
박사과정을 수료하고 직장 생활을 한다.
미국에서 태어난 손자(1998년생)는
미국 예일대학교(Yale University)를 졸업하고
첨단 분야 박사과정 공부를 하고 있다.
아들도 며느리도 손자도 어려움을
극복하며 꿈을 이루어 가니 장하다.

1971년 서울에서 태어나

서울에서 자란 막내딸은
가정에 밝고 명랑함을 가득 채워 주었으며
재주가 다양했다.
직장 생활을 하다가 가정을 이루니
사위는 회사 생활을 모범으로 하고
서울에서 태어난 큰 외손녀(1999년생)는
원하던 회사에 취업하고
서울에서 태어난 작은 외손녀(2002년생)는
원하는 전공으로 대학 생활을 하고 있다.

어려운 살림에
아파트 생활 한번 못 해 보고
깊은 골목 좁은 집안에서
조상과 남편과 자식 위해
허리 제대로 펴지 못하며 살아온
아내가 고맙다.

나의 아내는 부산에서 태어나고
초등학교 교사로 근무하다가
나와 인연이 되어 결혼하여
검소하고 알뜰한 살림을 하였다.

나의 교육 활동

나의 석사 학위 공부, 나의 박사 학위 공부
아이들의 학교 공부에
하루에 점심 도시락 4개를
준비하기도 하였다.

나는 평생 고생한 아내를 위해
시 '내 아내여서 행복이네'를 발표했다.
이 시는 이종록 교수 작곡, 박승혁 교수 노래로
가곡 음반과 인터넷 유튜브(YuTube)에 실리었다.
아내 역시 나의 어머니처럼
뛰어난 현모양처이다.

나는 나의 조상이 고맙고
나의 가족이 고맙다.
나의 아들딸과 손자와 외손녀의
행복을 한없이 빈다.
내 아들딸의 가정이
언제나 아름다운 꽃들이 다정하게 웃는
따스한 봄날처럼 행복하기를 빈다.
장차 손자와 외손녀
그리고 또 그 후손들이
독립해서 이루어 갈 가족과 가정에도
다정다감한 행복과 보람이 가득하기를 빈다.

* **출전**: 월간 『한국국보문학』 2023년 6월호 78~86쪽(발행 도서출판 국보, 서울)

제4부

삶이 거칠다 해도

10대의 그날들

몰래 불타는 가슴
아침 해는 알아줄까,
새벽안개 헤치며
산등성일 올랐어요.

루비보다 영롱한 햇살 상쾌는 하나,
정열도 아픔도 가눌 길은 없어
풀잎 이슬 볼 부비며
날 달랠밖에.
소나기, 소나기, 소나기는 어디메.

몰래 애타는 마음
노을은 알아줄까,
파란 풀밭 석양
혼자서 걸었어요.

겉으로 타드는 저녁놀 시원은 하나,
젊음도 고독도 재울 길은 없어
어둠 속 밀어 찾아

날 헤맬밖에.

소나기, 소나기, 소나기는 어디메.

* **출전**: (1) '중학생 조선일보' 1989년 4월 1일 2쪽(발행 조선일보사, 서울). (2) 허만길 시집 『당신이 비칩니다』(발행 도서출판 영하, 서울. 2000). (3) 한국시인연대 대표시선집 제26집 『한강의 음유』 503쪽(발행 한강출판사, 서울. 2017)

젊은 날의 아픔

파란 들판을 허덕허덕 몸부림하다가
한 자락 하늘을 보아도
영혼 없는 영원과 피 끓는 현실이
하나로 비어 있을 뿐이었다.

내 꿈 익을 날에는
온 우주 구석구석
황금 보리알처럼
볼록볼록 알배리라는 다짐이었다.

뒷동산 앵두는 그리도 쉽게 익는데
한없이 텅 빈 그리움만 속 끓었다.

바람결 한 줄기 뻐꾸기 소리조차
턱턱 숨 막히는
뜨거운 사막의 따가운 맨발 걸음 소리였다.

* **출전**: (1) 계간 『문예춘추』 2011년 가을호 71쪽(발행 도서출판 씨알의 소리, 서울. 2011. 9.). (2) 허만길 시집 『아침 강가에서』(발행 도서출판 순수, 서울. 2014). (3) 월간 『신문예』 100호 2019년 11 · 12월호 230쪽(발행 책나라, 서울)

젊음

차라리 밥을 굶을지라도
꿈을 굶주릴 수 없던 황금의 때

걸어서 걸어서 백만 리 밖이라도
한 이삭 이상을 주울 수만 있다면
육신이야 아무리 헤어져도 상관 말자며
정열에 불타던 때

큼직한 진리 향한 일이라면
쉽게 살기보다는
어렵게 살기가 달고
편하게 어울리기보다는
외로운 몸부림이 가뿐하던
태양의 나날이여.

아무리 세상이 어두워도
내 뜨거운 젊음이 살아 숨쉬는 한
영원히 새벽은 밝아 오고
사람은 사람으로

고귀한 자리로 기어이 오르게 하리라
다짐하던 아픈 세월이여.

지난 그 젊음에 심은 꿈
지금도 알뜰히 내 영혼에
새벽처럼 살아 있어
아직도 세상은 찬란한 무지개로 비치고
사람은 사람으로 고귀하게 오르려 한다.

* **출전**: (1) 월간 『순수문학』 2000년 11월호 60~61쪽(발행 월간순수문학사, 서울). (2) 허만길 시집 『당신이 비칩니다』 64~65쪽(발행 도서출판 영하, 서울. 2000. 12.). (3) 『한국 시 대사전』(발행 을지출판공사, 2004. 2023)

밤에 밤을 만나지만

밤은 낮에 만날 수 없다.
밤을 만나려면 밤 속에 들어가야 한다.
밤에 밤을 만나기 위해
밤을 기다리고 밤 속을 헤맨다.
밤의 눈, 코, 입을 만나고 싶고
밤의 배, 팔, 다리를 만나고 싶고
밤의 심장, 마음, 언어를 만나고 싶다.
밤을 그렇게 만나고 싶어도
그 밤을 제대로 만날 수가 없다.
밤을 만났다면 그것은
밤의 허울이나 컴컴한 겉옷 같은 것이었다.

밤이 무엇을 생각하는지도
밤이 무엇을 말하는지도
밤이 무엇을 듣는지도
알 수가 없다.
밤은 밤이면 늘 내 곁에 와 있지만
밤을 알 수 있는 방법조차 안 보인다.

밤은 나에게 휴식을 주기도 하고
밤은 나에게 잠 못 이루는
괴로움을 주기도 한다.
밤은 밤이면 나에게 와 있으면서도
어디로 돌아다니는지
내 손에, 내 마음에 잡히지를 않아
그 또한 나에게 고통을 준다.

밤이 진정으로 자신의 정체를 드러낸다면
나는 밤과 단둘이 누워
나의 이야기, 너의 이야기를 나누고 싶지만
그럴 수 없는 것이 밤이다.
도대체 밤은 제대로 알 수 없기에
그래서 그것이 밤인가 보다.
밤을 알 수 있다면 이미 그것은
밤이 아닌 것이 밤인가 보다.
밤에 밤을 만나지만
알 수 없는 것이 밤이다.

밤은 밤만이 밤이 아니다.
너도 밤일 수 있고 나도 밤일 수 있다.
세상 모든 것이 밤일 수 있다.
그래도 나는 밤의 더욱 뚜렷한 참모습을

만나고자 할 것이다.

알 수 없는 밤이지만

밤 또한 나의 참모습을 알고 싶어 할 것이다.

* **출전**: (1) 월간 『한국국보문학』 2018년 6월호 104~105쪽(발행 도서출판 국보, 서울). (2) 『2021년 한국신문예문학회사화집』 제15호 24~25쪽(발행 책나라, 서울. 2021. 11.). (3) 월간 『문학공간』 2022년 11월호 57~58쪽(발행 문학공간사, 서울)

삶이 거칠다 해도

삶이 거칠다 해도
밤하늘 먼 초록 세상
별들의 숨소리를 품어 보게나.

멍든 삶의 여울이 발목을
휘감아 붙들고
외로움의 끝자락 찬바람 몰아쳐도
빛 한 줄기
그대 영혼에 머금어 두면
희망은 검은 파도보다
더 높고 길고 강렬하다네.

새벽 같은 하얀 마음에
밝은 종소리 들을 수 있는
밝은 귀 열어 두면
훨훨 하늘길 달릴 수 있는
푸른 은하 다리
그대 심장과 함께 뻗칠 테니,

삶이 거칠다 해도
그대 강인한 꿈은
천년 겨울밤 쌓인 눈도 털어 내리라.

* **출전**: 계간 『자유문학』 제100호 2016년 여름호 270~271쪽(발행 자유문학, 서울. 2016. 6.)

빛 항아리

닿을 수는 없어도
품을 수 있는
내 빛 항아리
내 품에 가득해
겨울 어둡고 차가운
바늘 끝 바람 아픔에도
내 피는 따끈한 황토방에서
숭늉 한 모금 달게 머금을 수 있었다.

만질 수는 없어도
생각할 수 있는
내 빛 항아리
내 생각에 가득해
북극 빙하 언덕 같은
무거운 아픔도
꿀물 그릇을 입에 대듯
그리 힘들지 않았다.

* **출전**: (1)『한국 현대시』 제22호 2019년 하반기호 149쪽(편집 한국현대시인협회. 발행 시문학사, 서울. 2019. 12.). (2) 월간『순수문학』 2022년 2월호 172~169쪽(발행 월간순수문학사, 서울)

함박눈

연주황빛 복주머니 웃음 같은
달이 만든 그 빛줄 따라
한밤에 눈이 내렸다.

꿈꾸는 사람들의
꿈이 무거울까 봐,
하늘거리는 가벼움으로 내렸다.

꽃사슴 눈빛처럼 착한 꽃잎으로
세상 아픔 다 잠재우며
꿈이 포근한 쌓인 함박눈

* **출전**: (1) 서울특별시 지하철역 승강장 게시(2015년 12월부터 3년간) (2) 한국시인연대 시모음 제25집『한강의 시심』541쪽(발행 한강출판사, 서울. 2016. 3.). (3)『2016년판 연간 지하철 시선집』280쪽(발행 스타북스, 서울. 2016. 5.). (4)『2018 명시선』(발행 도서출판 책나라, 서울. 2018)

* **[참고] 시 '함박눈'은 영어로 번역됨.**
시 '함박눈'은 김인영(Kim In-young) 문학 박사(국제PEN한국본부 번역위원회 위원)에 의해 영어로 번역되어『Poetry Korea Volume 8. 2019』에 수록되었다.

Large Snowflakes

Hur Man-gil

Trans. Kim In-young

In moonlight shining as bright
as a silky fortune pocket in orange color
the snow was falling in the middle of a night

Being afraid of posing any burden
to the dreamers' dream
the snow was falling, fluttering in the air

Like flowers in limpid eyes of spotted deers
soothing pains of the world
keeping the dreamers warm in large snowflakes

* **출전**: 『Poetry Korea Volume 8. 2019』 133쪽(Edited by United Poets Laureate International Korea Center, 국제계관시인연합 한국본부. Published by Orum Publisher, Daejeon, Republic of Korea. 2019. 12.)

* **Kim In-young(김인영)**: 서강대학교 문학 박사. 미국 피츠버그 대학교 석사(Pittsburg University. MA). 국제PEN한국본부 번역위원회 위원. Secretary-general of United Poets Laureate International Korea Center(국제계관시인연합 한국본부 사무총장)

초여름이 설레면

새푸른 강둑길 초여름이 설레면
꽃잎에 묻은 하얀 미소처럼
삶은 언제나
새로운 가슴으로 산다는 것을 안다.

새푸른 강둑길 초여름이 설레면
적셔 오는 강물의 깊은 영혼처럼
삶은 언제나
새로운 무게로 산다는 것을 안다.

해는 점점 타고 별은 점점 정답고
딸기는 멀리서도 익고
삶은 땀이며 애정이며 정열임을 안다.

새푸른 강둑길 초여름이 설레면
밤에 울어도 지치지 않는 부엉새처럼
삶은 언제나 아픈 그리움이며
시작하는 절규임을 안다.

* **출전**: (1) 월간 『새교육』 1990년 5월호 145쪽(발행 한국교육신문사, 서울). (2) 허만길 시집 『당신이 비칩니다』 36~37쪽(발행 도서출판 영하, 서울. 2000). (3) 『한국 시 대사전』(이제이피북, 서울. 2011). (4) 한국시인연대 시모음 제23집 『한강의 시정』 533쪽(발행 한강출판사, 서울. 2014)

여름 밤하늘

아름다운 꿈이
주렁주렁 매달린 여름 밤하늘

숲속에서 풀벌레 울고
논개구리 요란하면
꿈도 도란도란 소리 내어 춤춘다.

별똥별 훅 날아 곤두박질하고
반딧불 빙빙 눈앞에 빛나면
꿈 가득한 별들이
가슴에 내려
나를 별나라 성자로 만든다.

* **출전**: (1) 월간 『순수문학』 2021년 7월호 82쪽(발행 월간순수문학사). (2) 서울특별시 지하철역 승강장 게시(2021년 12월부터 3년간)

부록

허만길 소개

Introduction to Hur Man-gil

[책 소개]

허만길 수필집 〈저 푸른 별들에 제자들의 아픔과 소망이〉

허만길 소개

2023년 7월 현재

[참고] 허만길의 삶의 자취가 소개된 책들

- **허만길 수필집 〈열네 살 푸른 가슴〉 (2007)**

– 허만길 출생(1943)부터 진주중학교 졸업(1958. 3.) 때까지의 일이 나타남.

- **허만길 수필집 〈진리를 찾아 이상을 찾아〉 (2007)**

– 허만길 진주사범학교(초등학교 교원 양성 고등학교) 재학 시절(15살. 1958. 4.~18살. 1961. 3.), 부산시 초등학교 및 중학교 교원 시절(18살. 1961. 3. 31.~24살. 1967. 10.)의 일이 나타남.

– 중앙교원자격검정위원장 발행 중학교교원자격검정고시(국어과) 응시표(17살. 1960. 9.) 사진(172쪽), 국가(문교부) 시행 중학교교원자격검정고시(국어과) 합격증(18살. 1961. 4. 10.) 사진(213쪽), 문교부장관 발행 중학교교육공무원자격증(국어과) (18살. 1961. 4. 10.) 사진(213쪽)이 인쇄되어 있음.

– 중앙교원자격검정원위원장 발행 고등학교교원자격검정고시(국어과) 응시표(19살. 1962. 9.) 사진(215쪽), 국가(문교부) 시행 고등학교교원자격검정고시(국어과) 합격증(19살. 1962. 12. 4.) 사진(219쪽), 문교부장관 발행 고등학교교육공무원자격증(국어

과) (19살. 1961. 4. 10.) 사진(219쪽)이 인쇄되어 있음.

- **허만길 저서 〈우리말 사랑의 길을 열면서〉 (2003)**

– 영등포여자고등학교 교사 재직 중 1968년(25살)부터 우리말 사랑 운동을 전국 규모로 펼치고, 1971년(28살)부터 문교부(교육부) 언어생활 연구위원 활동을 하고, 1974년부터 경복고등학교 우리말사랑하기회(국어계몽반) 운영을 통해 우리말 사랑 운동을 전국 규모로 펼쳐, 1975년(32살) 대통령 특별보좌관(철학박사 박종홍) 자문 응대 등을 통해 1976년(33살) 박정희 대통령이 국어 순화 운동을 국가적, 제도적 차원으로 승화시키는 데 이바지한 일들이 나타남.

- **허만길 저서 〈정신대 문제 제기 및 대한민국 임시정부 자리 보존운동 회고〉 (2010)**

– 이 책의 부록 '허만길 시인의 삶의 자취'에 허만길의 출생부터 2010년까지의 일이 요약되어 있음.

– 부록의 시작 부분에서는 허만길 부모, 누나와 여동생, 허만길 부부, 허만길의 손자와 손녀, 훈장증(황조근정훈장. 2005. 8. 31.), 대통령 표창장(1991. 12. 5.), 국가인권위원회위원장 표창장(2004. 12. 10.), 중등학교교장 자격 연수 성적 우수 표창장(서울대학교 부설 교육행정연수원장 이종재. 1997. 8. 23.), 교육부장관 표창장(1997. 5. 15.), 상공부장관 표창장(1987. 3. 7.), 시 당선패(한글문학회 회장 안장현. 1989. 2. 20.), 소설 당선패(한글문학회 회장 안장현. 1990. 10. 5.), 풍수지리사 자격증(대한풍수지리학회 회장 김대은. 1991. 1. 12.), 스포츠마

사지 자격증서(한국스포츠마사지자격협회 회장 김태영. 2005. 9. 30.), 서울특별시교육감 표창장(1978. 12. 29.), 한글문학상 신인상 상패(한글문학회 회장 안장현. 1991. 11. 30.), 〈한글문학〉 제9집(1989) 수록 허만길 시 추천사(숙명여자대학교 교수 김남석), 〈한글문학〉 제12집(1990) 수록 허만길 소설 추천 심사평(서울대학교 교수 구인환) 등의 사진이 인쇄되어 있음.

• **허만길 시집 〈아침 강가에서〉 (2014)**

– 이 책의 부록 '허만길 주요 삶'에 허만길의 2014년까지의 일이 한국어와 영어('Profile of Hur Man-gil')로 요약되어 나타남.

• **허만길 수필집 〈방송통신고등학교 학생과 졸업생에게 사랑을 보내며〉 (2021)**

– 이 책의 부록 '허만길 주요 삶'(교육과 학문과 문학의 길)에 허만길의 2021년까지의 일이 요약되어 나타남.

– 이 책의 본문 102쪽에 허만길이 받은 방송통신고등학교 서울지구동문회 회장의 감사패(1981. 6. 28.) 사진, 부록 시작 부분에 허만길이 1955년(단기 4288년) 3월 22일 초등학교 졸업 때 받은 의령교육감 상장 사진, 국어학자 최현배 선생과 허만길이 찍은 사진(1969. 10. 9.), 국어학자 최현배, 허웅 선생과 허만길이 찍은 사진(1968. 10. 9.), 충남 보령시 시와 숲길 공원에 2010년 4월 23일 건립된 허만길 시비 '대한민국 상하이임시정부 자리' 사진이 인쇄되어 있음.

– 부록에 〈주간 한국문학신문〉 2021년 9월 1일 기사 '국어학자 외솔 최현배 박사의 허만길 초청 만남(19살. 1962년 4월) 화제'가

실려 있음.

- **허만길 수필집 교육회고록 '저 푸른 별들에 제자들의 아픔과 소망이' (2022)**

– 이 책의 부록 '허만길의 삶과 학문과 교육과 문학'에 허만길의 2022년까지의 일이 한국어와 영어('Biography of Hur Man-gil – His Life, Research, Education, and Literature –')로 나타남.

– 이 책의 본문 155쪽에 허만길이 받은 상공부장관 표창장(1987. 3. 7.) 사진이 인쇄되어 있음.

- **허만길 시집 '역사 속에 인생 속에' (2023)**

– 이 책의 부록 '허만길 소개'에 허만길의 2023년 7월까지의 일이 한국어와 영어로 요약되어 나타남.

■ 출생

허만길(許萬吉)은 서울대학교 국어교육학 전공 교육학 석사, 홍익대학교 국어국문학 전공 문학 박사, 복합문학(複合文學. Complex Literature) 창시자, 시인, 소설가, 수필가, 교육자이다.

허만길은 아버지 허찬도(許贊道. 처음 이름 허기룡 許己龍. 양력 1909. 6. 17.~1968. 12. 21. *김해 허씨 25세손) 선생과 어머니 노갑선(광주 노씨. 盧甲先. 양력 1908. 9. 12.~1998. 7. 31.) 님 사이에서 태어났다. 허만길은 아버지 허찬도 선생이 한국과 일본에서 항일 독립운동을 한 관계로 1943년 3월 21일 일본 교토부(京都府) 구세군(久世郡) 오쿠보무라(大久保村) 오아자(大字) 오쿠보나이(大久保

內) 30번지에서 태어나고, 첫돌을 지낸 뒤 1944년 7월부터 대한민국 경상남도 의령군 칠곡면 도산리 260번지에서 성장하였다.

■ 성장 및 학창 시절

허만길은 3살부터 서당의 허종수(許宗壽) 선생과 할아버지 허종성(許宗成. 1891~1951) 선생에게서 한문을 배웠다.

1955년 3월 의령군 칠곡면 칠곡초등학교를 졸업하면서 학업 성적 우수 의령교육감상을 받았다. 경상남도 진주에서 진주봉래초등학교 구내 이발소에서 일하는 아버지를 도우면서 진주중학교(1958년 3월)와 진주사범학교(1961년 3월. 초등학교 교원 양성 고등학교)를 졸업했다.

진주사범학교 졸업 성적 최우수자(남자 2명, 여자 1명)로서 1961년 3월 31일(18살) 부산거제초등학교 교사 발령을 받아 교육자로서 첫걸음을 내디디었다.

부산에서 초등학교와 중학교 교사로 근무하면서 1967년 동아대학교 야간대학 국문학과를 졸업하였다. 1979년 서울대학교에서 교육학 석사 학위(국어교육학 전공), 1994년 홍익대학교에서 문학 박사(국어국문학 전공) 학위를 받았다.

■ 17살 1960년 진주사범학교 학생회위원장 겸 학도호국단운영위원장으로서 진주의 4.19혁명 앞장

허만길은 17살(1960년) 진주사범학교 학생회위원장 겸 학도호국단운영위원장으로서 진주의 4.19혁명을 앞장서서 이끌었으며, 진주극장 앞 광장에서 시민들에게 선언문을 낭독하였다. 그리고 '4.19혁명 60주년 기념 특별기고'로 〈한국국보문학〉 2020년 4월호(서울)에 35쪽 분량의 논문 '진주의 4.19혁명 상황과 허만길의 선언문 회고'를 발표하여, 충절의 도시 진주의 역사 자료로 남게 하였으며, 문단과 진주 시민과 신문과 방송의 큰 관심을 모았다.

■ 국가 시행 중학교교원자격검정고시 수석 합격으로 18살(1961년)에 중학교 국어과교원자격증 취득 및 고등학교교원자격 검정고시 수석 합격으로 19살(1962년)에 고등학교 국어과교원자격증취득('기네스북'의 '한국 편'에 실림.)

허만길은 진주사범학교 3학년 재학 중 1960년(17살) 9월 국가 시행 중학교교원자격검정고시에 응시하여 수석 합격으로 18살(1961년 4월 10일)에 최연소 중학교 국어과교원자격증을 받고, 1962년 국가 시행 고등학교교원자격검정고시에 응시하여 수석 합격으로 19살(1962년 12월 6일)에 최연소 고등학교 국어과교원자격증을 받았다.('기네스북'의 '한국 편'에 실림)

* 국어학자 최현배 박사는 허만길이 1961년 18살에 중학교 국어과교원자격증을 받았음을 알고서, 19살 1962년 4월 허만길을 서울 자택으로 초청하여 서울에서 대학 공부와 미국 유학을 지원하겠다고 하였으나 가정 형편상 사양한 후에도 두 사람은 깊은 사제 관계를 유지하였음.

■ 허만길 주요 경력 (2023년 7월 현재까지)

1961년(18살)부터 1967년 11월(24살)까지 부산 시내 초등학교 교사(부산거제초등학교. 부산중앙초등학교) 및 중학교 교사(경남중학교. 부산중앙중학교)로 근무하고, 1967년(24살) 11월부터 20년간 서울 영등포여자고등학교 교사, 경복고등학교 교사, 선린상업고등학교 교사로 근무하였다. 1987년부터 문교부(교육부) 국어과 편수관, 문교부 공보관실(대변인실) 연구사, 중앙교육연수원 장학사, 서울특별시교육연구원 진로교육연구부 연구사, 서울 영원중학교 교장, 당곡고등학교 교장(2005년 8월 정년퇴직)으로 재직하였다.

그 밖의 주요 경력은 다음과 같다.

문교부 언어생활 연구위원(1971. 28살). 문교부 주최 전국 학생 글짓기 대회 심사위원(1972). 문교부 '장학자료' 제14호(학생 언어생활 순화 지도 지침) 집필(1972. 2. 15. 발행). 문교부 '장학자료' 제26호(생활 용어 순화 자료) 집필(1977. 8. 발행). 문교부 발행 '일하며 배우며' 제7호(산업체 근로 청소년 교육 홍보용 책) 편집위원(1986. 10. 31. 발행). 교육부 국제교육진흥원 강사(1994~2004). 교육부 교육행정연수원 강사(1997). 국가수준 국어과 교육과정 시안 작성 심의위원(1991). 교육부 저작권 한국교육개발원 국어과 교과서 편찬 연구위원(1987~1996). 교육부 저작권 한국교육과정평가원 국어과 교과서 편찬 연구위원(1998~2000). 고려대학교, 한국교원대학교 공동 개발 중학교 '국어' 교과서 편찬 연구위원(2000). 대한민국 학술원 부설 국어연구소 표준어 사정위원(1987). 교육부 국제교육진흥원 재외 동포용 '한국어' 교재 개발 연구위원 및 심의위원(1995~1999. 5.). 한국교육과정평가원 해외 동포용 '한국어' 교재 개발 연구위원

(1999. 6.~2002). 서울대학교 국어교육연구소 '국어교육학사전' 집필위원(1999년 발행). 교육부 국제교육진흥원 재외 동포 교육과정 심의위원(2000. 2. 1.~2002. 1. 31.). 한국교육개발원 '방송통신고등학교 40년사' 편찬 자문위원(2016). 한글학회 회원(* 24살 최연소 회원. 1967. 5. 13.~2023 현재). 한국국어교육연구회(한국어교육학회) 회원(1965~2004). 우리말내용연구회(한국어내용학회) 감사(1993. 1.~1995. 11.). 국제PEN 회원 및 국제PEN한국본부 회원(2004. 8. 30.~2023 현재). 국제PEN한국본부 이사(제35대 이사 2017. 6. 19.~2021. 3. 31. / 제36대 이사 2021. 4. 1.~2023 현재). 국제PEN 한국본부 대외교류위원회 위원(2017. 9. 22.~2023 현재). 한글문학회 부회장(회장 안장현. 1994. 3. 1.~2003. 5.). 한글문학회 이사(회장 안장현. 1995~1998). 한국글짓기지도회 이사(회장 이희승. 1976. 6.~1978. 6.). 한국문인협회 회원(2001~2023 현재). 한국현대시인협회 회원(2007. 2. 27.~2023 현재). 한국현대시인협회 중앙위원(2012~2014). 한국현대시인협회 이사(2014~2023 현재). 한국소설가협회 회원(2006. 11.~2023 현재). 한국소설가협회 중앙위원(2016. 3.~2023 현재). 한국소설가협회 복지위원(2020~2024). 한국문예춘추문인협회 고문(2015~2022. 1. 31.). 한국문예춘추문인협회 발전정책고문(2022. 2. 7.~2023 현재). (충남 보령시) 시인의 성지(시와 숲길 공원) 현대문학기념관 지도위원(2020~2023 현재). 한국국보문인협회 자문위원(2018~2023 현재). 월간 한국국보문학 편집 고문(2021~2023 현재). 월간 한국국보문학 심사위원(2022~2023 현재). 월간 신문예 문학상 심사위

원(2019~2023 현재). 한국신문예문학회 자문위원(2019~2022). 아태문인협회 자문위원(2019~2023 현재). 국제계관시인연합 한국본부(United Poets Laureate International Korea Center) 회원(2017. 7. 1.~2023 현재). 문학신문문인회 부회장(2012~2013). 서울특별시교육청 진로교육추진위원회 위원장(1997~1998). 서울특별시교육청 발행 고등학교 교과서 '진로 상담' 집필(공동 집필. 1999년 1월 초판 발행). 대한교과서주식회사 발행 고등학교 교과서 '진로와 직업' 편찬 연구위원(2003년 3월 초판 발행). 서울진로교육연구회 부회장 및 이사(1993. 3. 1.~2001. 2. 28.). 한국진로교육학회 이사(2000. 1. 1.~2005. 12. 31.). 서울초 · 중등학교 진로교육연구회 감사(2001. 3. 1.~2005. 2. 28.). 서울특별시교원연수원 중등학교 진로상담교사 자격 연수 교육과정 편성위원(1996). 서울특별시교원연수원 진로상담교사 자격연수 강사(1996~1998). 서울특별시교육과학연구원 진로정보센터 운영 자문위원(2003). 서울특별시교육연구원 상담자원봉사자 연수 강사(1997). 한국교육신문(한국교원단체총연합회) 신춘문예 '교단 수기' 모집 심사위원(1996, 1997). 제1회 영국기네스본부 주관(한국기네스협회 주최) 한국진기록대회 심판위원(1989. 7. 1.~1989. 7. 2.). 한국기네스협회(코리아기네스협회) 자문위원(1989). 대한풍수지리학회 이사(회장 김대은. 1991. 4. 13.). 한국스포츠마사지자격협회 회원(회장 김태영. 2005~2023 현재). 국무총리실 소속 한국청소년개발원 협력 연구위원(1999). 한국직업능력개발원 전문가협의회 위원(2004). 서울특별시 양천경찰서 폭력대책위원회 자문위원(1996~1997). 한국시민자원봉사회 중앙회 중앙지도 운영위원(2003~2007). 한국방송정보교육단체연합회 이사(2003~2005). 서울대학교 교육행정연수원 중등학교 교장자격연수 현장탐구지도 강사(2003~2005). 서울특별시교육청 청소년 선도방송(마음의 문을 열고) 집필위원(KBS, SBS, EBS 라디오 방송. 1995). 서울특별시교육청 청소년 선도방송 자문위원(라디오 방송. 2003). 서울특별시 공립중등학교 교사 임용시험 논술 출제위원(1994, 1995, 1997). 서울특별시 공립중등학교 교사 임용시험 출제본부장(2003). 학습자료심사협회 학습자료 심사위원(1987). '부산시민헌장' 공동초안(1962년 8월 15일 선포). 부산직할시 교육발전위원회 창립위원(1963), 부산시교육연구소 현직 연구위원(1963~1967). 한국청소년연맹 단원 활동 각종 상징(구호, 환호, 응원가, 대형) 제정위원(1984). 한국청소년연맹 한별단(고등학생단) 교재 '한별의 생활' 집필위원(1984년 집필, 1885년 발행). 노태우 대통령 취임사 문장 검토(의뢰 기관: 대통령 취임 준비실시단. 1988. 2.). 경남 의령문화원 특별회원(2021. 4. 16.~2023 현재). 의령신문 지면평가위원회 위원 (2015~2023 현재)

■ **표창 및 상훈**

황조근정훈장(2005). 대통령 표창(1991). 국가인권위원회위원장 표창(정신대 문제 제기 활동 유공. 2004). 상공부장관 표창(산업체 근무 청소년 특별학급 교육 유공. 1987). 교육부장관 표창(1997). 환경부장관 감사글('우리 자연 우리 환경' 노래 작사. *작곡 정미진. 1995. 9. 9.). 한국교원단체총연합회장 표창(1997). 전국교육자연구발표대회 대한교육연합회장 푸른기장증(중 · 고등학교 교원부 1등. 1966. 7. 31. *23살. 대회 사상 최연소 '푸른기장증' 수상. 뒷날 대한교육연합회는 '한국교원단체총연합회'로 바뀜). 한글학회이사장 표창(1988). 서울특별시교육감 표창(새마을 교육 유공. 1974). 서울특별시교육감 표창(고등학교 입학 연합고사 출제 유공. 1976). 서울특별시교육감 표창(서정쇄신 모범공무원. 1978). 한글문학회 한글문학상(신인상. 1991). 문예춘추 청백문학상(작품의 청백 정신 탁월. 2011). 순수문학 작가상(월간 순수문학사 제정. 2014). 코리아기네스협회(한국기네스협회) 감사패(코리아기네스협회 자문위원 유공. 1989). 민주평화통일자문회의 영등포구협의회회장 표창(영등포를 빛낸 모범공무원. 2002). 서울특별시교원연수원장 교육연수상(중등학교 교감 · 교육전문직 연수 성적 우수. 1996). 서울대학교 교육행정연수원장 표창(중등학교교장 자격연수 성적 우수. 1997). 서울특별시교원단체연합회장 표창(수도교육발전 유공. 1992). 서울특별시립 정신지체인복지관 관장 감사패(2005). 부산시장 표창(교육 논문 우수상. 1963). 부산시교육감 표창(부산시 교육연구대회 우수상. 1등. 1966). 방송통신고등학교 서울지구동문회장 감사패(방송통신고등학교 교육 유공 및 '방송통신고등학교 교가' 작사. 1981). 서울 당곡고등학교 총동창회장 감사패(학교 발전 유공. 2005). 의령군 칠곡면장 감사패('칠곡 사랑' 노래 제작 선사 감사. 2012)

■ 18살(1961년)부터 정년퇴임(2005년) 때까지 교육자로서 교육애에 바탕을 둔 교육, 연구하며 실천하는 교육, 창의적이고 적극적인

교육 정책 수립 및 추진, 민주적 · 합리적 · 개방적 · 창의적 학교 경영 노력

허만길은 진주사범학교 졸업 후 18살 1961년 3월부터 2005년 8월 정년퇴임 때까지 초등학교 · 중학교 · 고등학교 교사, 문교부(교육부) 국어과 편수관, 문교부 공보관실(대변인실) 연구사, 중앙교육연수원 장학사, 서울특별시교육연구원 연구사, 중학교 교감, 서울 영원중학교 · 당곡고등학교 교장으로 근무하면서 교육자로서 교육애에 바탕을 둔 교육, 연구하며 실천하는 교육, 창의적이고 적극적인 교육 정책 수립 및 추진, 학교 경영의 민주성 · 투명성 · 창의성 발휘에 힘썼다.

■ 21살(1964년)에 '참'(Cham, 眞, Truth)을 중심으로 기초적, 핵심적 깨달음에 이름

허만길은 어릴 때부터 인생과 우주의 궁극적인 이치에 몰두해 오다가, 1963년 10월 하순부터 300여 일의 집중적 구도 노력 끝에 1964년 8월 21일(21살) 본질적, 이상적 궁극성으로서 '참'(Cham, 眞, Truth)을 중심으로 기초적, 핵심적 깨달음에 이르렀다.

허만길은 그의 기초적 핵심적 깨달음에서 절대자(창조의 으뜸뿌리. 하느님. 창조주. 하늘나라와 모든 우주를 포함한 최고신. 모든 추상적 구상적 발현의 으뜸 되는 뿌리), 참(Cham, 眞, Truth. 모든 창조에 원천적으로 부여되는 본질적 이상적 궁극성), 한힘(Hanhim. Great-Power. 직접 간접의 창조에 부여되는 근원적 이치력과 위력과 작용력), 원기(Wongi, 源氣, Prenergy. 창조의 가장 원초적인 자료)를 4대 절대 개념으로 설정하고 있다.

■ 국어 정책, 국어학, 역동 언어 이론, 음성 언어 교육, 국어과 교육, 국어 사랑 이론, 복합문학 개념화, 문학평론, 진로 교육, 교육 철학, 교육 정책, 교육 실천 연구 등 여러 분야에서 많은 연구 성과

허만길은 1966년(23살) 7월 대한교육연합회(뒷날 '한국교원단체총연합회') 주최 제10회 전국교육자연구발표대회 중등학교 교원부에서 1등을 하여 대회 사상 최연소 푸른기장증(최우수상)을 수상하였다.

국어 교육 전공 교육학 석사 학위, 국어국문학 전공 문학 박사 학위를 받은 허만길은 국어 정책, 국어학, 역동 언어 이론, 음성 언어 교육, 국어과 교육, 국어 사랑 이론, 복합문학 개념화, 문학평론, 진로 교육, 교육 철학, 교육 정책, 교육 실천 연구 등 여러 분야에서 많은 연구 성과를 거두었다. 또한 고향 경상남도 의령군의 역사적 인물(유학자 허원보, 의병 장군 곽재우, 가야금 음악 창시자 우륵, 학자 강응두, 독립운동가 허찬도, 열녀 겸 효부 강윤희 등), 여러 지역의 어원과 유래에 관한 많은 논문을 발표하였다.

■ '복합문학'(Complex Literature) 창시(1971년)

허만길은 1971년(28살) 세계 문학 사상 최초로 '복합문학'(Complex Literature)을 창시(창안)하여 첫 복합문학 '생명의 먼동을 더듬어'를 월간 〈교육신풍〉 1971년 9월호(발행 교육신풍사, 서울. 1971. 9. 1.)~11월호에 일부 연재하고, 1980년 4월 26일 교음사(서울)에서 단행본으로 발행하였다. '복합문학'은 〈두산백과사전〉(2001. 9. 1.) 등 여러 문헌에 등재되었다.

* 복합문학(複合文學, Complex Literature): 대한민국의 허만길(許

萬吉. Hur Man-gil. 1943~. 시인. 소설가. 문학 박사)이 1971년 창안한 문학 형태로서, 한 편의 문학 작품을 완성함에 있어, 시(서정시, 서사시, 극시), 소설, 희곡, 시나리오, 수필(일기, 편지 등) 등 문학의 여러 하위 장르를 두루 활용하는 문학 형태. 그는 복합문학은 문학에 변화와 활력과 참신함을 줄 수 있고, 작품 주제의 형상화에 상승효과를 줄 수 있을 것이라고 기대하였다. 허만길은 첫 복합문학 〈생명의 먼동을 더듬어〉를 월간 〈교육신풍〉(教育新風) 1971년 9월호~11월호에 일부 연재하고, 1980년 4월 26일 교음사(서울)에서 단행본으로 출판하였다.

■ 시(1989년), 소설(1990년), 수필 창작 활동

허만길은 1971년(28살) 세계 문학 사상 최초로 '복합문학'(Complex Literature)을 창시(창안)하여 1980년 첫 장편복합문학 '생명의 먼동을 더듬어'를 발간하고, 〈현대문학〉 1973년 9월호에 수필 '말버릇 체험'을 발표한 이후 다양한 영역에 걸쳐 수많은 수필을 창작하였다. 그리고 〈한글문학〉을 통해 시와 소설이 추천 당선되어 시인과 소설가로서도 활발하게 창작 활동을 해 왔다.

허만길은 1989년 〈한글문학〉 제9집(1989. 1. 20.)에 시 '꽃과 가을이 주는 말을', '함께 따스한 가슴을', '가을인 날은'이 추천 당선되어 시인으로 등단하였다. 추천사: 김남석(시인. 문학평론가. 국회민족문화연구소장. 숙명여자대학교 교수).

허만길의 시의 경향으로는 시의 내용에서 역사와 인생의 아픔과 격려, 진리와 이상 추구, 사랑의 아름다움, 조국애, 교육애를 중시하고, 시의 기법에서 맑고 아름다운 언어와 사색적인 자세로 서정성과 상징성의 조화를 꾀하였다. '시상의 건실성과 이미지의 정확성과 수사학의 다양한 구사'(숙명여자대학교 교수 김남석의 시 추천사 평. 1989년), '청백 정신의 귀감'(문예춘추 청백문학상 상패. 2011년), '민족작가'(순수문학 작가상 상패. 2014년) 등의 평을 받았다. 서정시, 서사시('아버지의 애국', '사랑과 희생 가득 어머니', '여동생을 생각하며', '완고와 보람'), 극시('생명 탄생 기원'), 산문시('미나의 고독'), 장시(Long Poetry. '아버지의 애국', '조상과 가족의 고마움'), 연작시(30편 '당신이 비칩니다') 등 다양한 형태의 시를 창작하였다.

그 밖에 주목할 만한 시로는 '대한민국 상하이임시정부 자리', '백두산 바라보며', '젊은 날의 4.19혁명', '10대의 그날들', '젊음의 아픔', '젊음', '방 만드는 사람들', '밤에 밤을 만나지만', '모두가 서로의 끈과 힘', '남태평양에서', '시드니의 밤', '아침 강가에서', '함박눈', '초여름이 설레면', '구룡사 은행나무', '초겨울의 미션 베이', '부르고 싶은 이름이 있다면', '당신이 비칩니다', '가랑비', '빛 항아리', '천사를 지켜보며', '사랑의 별자리', '별 하나 품으며', '스승의 길 찾으며', '산업체 근무 여학생 졸업 여행', '가르침의 들', '배움보다 더 어려운 가르침', '역사 속에 인생 속에', '여름 밤하늘' 등을 들 수 있다.

허만길은 1990년 〈한글문학〉 제12집(1990. 10. 5.)에 단편소설 '원주민촌의 축제'(原住民村의 祝祭, A Feast in the Village of Natives)가 추천 당선되어, 시인 등단에 이어 소설가로도 등단하였다. 추천사: 구인환(소설가, 문학평론가, 서울대학교 교수). 단편소설 '원주민촌의 축제'는 정신대(일본군 위안부) 문제를 본격적으로 다룬 최초의 소설이다. 단편소설 '원주민촌의 축제'에 대한 풀이는 〈두산백과 사전〉에 등재되어 있다.

■ 고등학교 교사 재직 중 1968년(25살)부터 전국 규모의 우리말 사랑 운동 전개로 1976년 박정희 대통령의 국가적, 제도적 차원의 국어 순화 운동 승화 기여 및 국어 사랑 이론 정립

허만길은 서울 영등포여자고등학교 교사 재직 중 1968년(25살)부터 우리말 사랑 운동을 전국 규모로 펼치면서, 1971년(28살) 문교부(교육부) 언어생활 연구위원 활동을 하고, 1974년부터 경복고등학교 우리말사랑하기회(국어계몽반) 운영을 통해 우리말 사랑 운동을 전국 규모로 펼쳤다.

1975년(32살) 대통령 특별보좌관(철학박사 박종홍) 자문 응대 등을 통해 1976년 박정희 대통령이 국어 순화 운동을 국가적, 제도적 차원으로 승화시키는 데 이바지했다. 국어 사랑의 이론 정립에 공헌하는 등 평생토록 국어 사랑에 열의를 기울였다. 자세한 내용은 허만길 저서 '우리말 사랑의 길을 열면서'(도서출판 문예촌. 2003. 5. 26.) 참고.

■ 1974년 방송통신고등학교 개설 초기부터 방송통신고등학교 교육 발전 노력 및 1978년 '방송통신고등학교 교가' 작사

허만길은 1974년 우리나라 방송통신고등학교 개설 초기 서울 경복고등학교 교사 재직 때부터 방송통신고등학교 교육 발전에 힘쓰고, 전국 방송통신고등학교 학생들의 용기와 의지와 희망을 북돋우기 위해 노력하였다.

1978년 5월 '방송통신고교생' 노래를 작사하여 화성태(서울 무학여자고등학교 음악과 교사) 님에게 작곡을 의뢰하였으며, 1978년 6월 25일 방송통신고등학교 서울지구동문회 주최 '제1회 방송통신고등학교 웅변대회'에서 문교부 관계관, 한국교육개발원장, 재학생, 졸업생, 교사들이 참석한 가운데 이를 '방송통신고등학교 교가'로 채택하여 선포하였다.

자세한 내용은 허만길 수필집 〈방송통신고등학교 학생과 졸업생에게 사랑을 보내며〉(발행 지식과 감성, 서울. 2021. 11.) 참고.

■ 1985~1986년 구로공단 근무 영등포여자고등학교 야간 특별학급 학생들의 지도와 인권 보호에 정성을 쏟고, 대우어패럴 노사분규 사태 퇴사 등으로 일자리와 잠자리를 잃은 160여 명의 학생들을 헌신적으로 도와 졸업의 영광으로 이끌었음.

허만길은 1985년 3월 1일부터 1987년 2월 28일까지 2년간 서울 영등포여자고등학교 야간 특별학급 교사로 근무하면서, 주로 한국수출산업공단(서울 구로공단)에서 기숙사 생활을 하며 낮에는 산업체에서 일하고 밤에는 야간 특별학급에서 공부하는 학생들을 헌신적으로 보살폈다.

1985년 구로공단 소재 주식회사 대우어패럴의 노사분규 사태로 일자리와 기숙사의 잠자리를 잃은 130여 명의 여학생들, 그리고 심한 불경기로 업체들의 폐업과 휴업에 따라 일자리와 잠자리를 잃은 약 30명의 여학생들(모두 160여 명)이 방황할 때, 학업을 계속할 수 있도록 혼신의 노력을 기울여, 이들 모두가 졸업의 영광을 안을 수 있도록 이끌었다. 특히 서울특별시, 노동부 서울관악노동사무소 등의 협조를 받아 실직자 전원의 수업료를 장학금으로 지급하도록 하고, 이들의 식사, 잠자리, 재취업 등에 헌신적인 교육애를 발휘하였다.

고향의 부모와 멀리 떨어져 지내는 미성년 학생들이 업체에서 어려움을 겪을 경우 업체 관리자와 협의하여 이들의 인격과 권익을 보호하는 데 힘썼다.

이러한 사실들은 서울특별시, 노동부, 한국수출산업공단(구로공단) 등에 미담으로 널리 알려져, 허만길은 1987년 3월 상공부장관 표창을 받았다. 자세한 내용은 허만길 수필집 〈저 푸른 별들에 제자들의 아픔과 소망이〉(발행 책과나무, 서울. 2022. 9. 5.) 참고.

■ 문교부 국어과 편수관으로서 교육과정 개발, 어문 규정 개정, 어문 정책 수립, 초등학교 국어과 교과서 분화 등 추진(1987년)

허만길은 1987년 문교부(교육부) 국어과 편수관으로서 국가 수준의 제5차 국어과 교육과정 개발을 추진하고, 우리나라 국어과 교육 역사상 처음으로 초등학교 국어과 교과서를 단일형 '국어'에서 '말하기 · 듣기', '읽기', '쓰기' 3책으로 분화하여(1987년 6월 문교부 확정. 1989년 3월부터 연차적 시행), 국어과 교육이 독해 일변도에서 벗어나 실질적이고 조화로운 국어과 교육이 이루어지도록 하는 데 기여하였다.

허만길은 국어심의회를 공정하게 운영하면서 '한글 맞춤법' 개정(1988년 1월 1일 문교부 확정 고시) 및 '표준어 규정' 개정(1988년 1

월 1일 문교부 확정 고시)을 추진하고, 국어 순화 정책을 효율적으로 운영하였다.

■ 해외 동포 모국어 교육 연구 및 강사 활동(1995~2004년)

허만길은 교육부 국제교육진흥원 주관 재외 동포용 '한국어' 교재 개발 연구위원(1995~1999. 5.) 및 한국교육과정평가원 주관 해외 동포용 '한국어' 교재 개발 연구위원(1999. 6.~2002), 교육부 국제교육진흥원 강사(1994. 5. 28.~2004)로서 해외 동포 초청 모국어 연수, 재외 한글학교 및 재외 교육 기관 근무 교원 초청 국어 연수, 귀국 학생 교육 담당 교사 국어 교육 연수, 해외 파견 교육공무원 국어 교육 사전 연수 등의 강의, 교육부 국제교육진흥원 재외 동포 교육과정 심의위원회 위원(2000. 2. 1.~2002. 1. 31.) 등의 활동을 통해 해외 동포 모국어 교육에 이바지하였다.

■ 대한민국 광복 후 최초로 대한민국 상하이임시정부 자리 보존운동 전개 및 성과(1990년)

허만길은 한국과 중국 사이에 정식 국교가 없던 시기에 문교부(교육부) 중앙교육연수원 장학사로서 교원국외연수단을 인솔하여 중국을 방문하면서, 1990년 6월 13일 대한민국 상하이임시정부 자리(마당로 馬當路)를 찾았으나, 아무 표적 하나 없이 퇴색된 집에 중국 사람이 살고 있음을 보고, 연수단 앞에서 현장 즉흥시 '대한민국 상하이임시정부 자리'를 읊고, 귀국 후 여러 언론의 취재를 받으며 대한민국 광복 후 최초로 대한민국 상하이임시정부 자리 보존운동을 펼쳤다. 중국 상하이 시장에게도 임시정부 자리에 어떤 표적을 세워 주고 특별한 관심으로 보전해 주기를 바란다는 편지를 보내는 등의 노력으로 성과를 거두어, 마침내 그곳이 세계적인 명소가 되었다. 허만길은 중국 당국으로부터 대한민국 상하이임시정부 청사는 김구(金九) 선생이 중국을 떠날 때 중국인 친구에게 넘겨주었으며, 그 친구는 '고수희'(顧守熙, 구서우시) 님이라는 사실도 알아냈다.

시 '대한민국 상하이임시정부 자리'는 영어와 일본어로 번역되어 해외에 소개되고, 충청남도 보령시 '시인의 성지'(시와 숲길 공원) 제1호 시비로 2010년 4월 23일 건립되었다. 자세한 내용은 허만길 저서 〈정신대 문제 제기 및 대한민국 임시정부 자리 보존운동 회고〉(발행 주식회사 에세이퍼블리싱, 서울. 2010. 12. 21.) 참고.

■ 정신대(일본군 위안부) 문제 제기(18살. 1961년부터) 및 정신대(일본군 위안부) 문제 최초 단편소설 '원주민촌의 축제'(1990년) 발표. '정신대 위령의 날' 제정 및 '국제 사람몸 존중의 날' 제정 제의 (1991년 11월 30일)

허만길은 일제의 대한민국 강점기에 한국과 일본에서 애국 독립운동을 한 아버지 허찬도(1909. 6. 17.~1968. 12. 21.) 선생에게서 어릴 때부터 일제의 정신대(일본군 위안부) 이야기를 들어 온 것에 교훈을 받아, 첫 교직 생활을 한 18살(1961년)부터 정신대 문제를 꾸준히 주장하였다. 1965년 '한일협정'(*'한 · 일 간 기본 관계에 관한 조약', Treaty on Basic Relations between the Republic of Korea and Japan)에도 언급되지 않았던 일제의 정신대 문제를 그냥 역사의 뒷전에 묻히게 할 수 없다는 양심에서 정신대 문제를 효과적이고 대중적으로 제기하기 위해 정신대 문제를 주제로 한 최초의 단편소설 '원주민촌의 축제'('A Feast in the Village of Natives')를 1990년(47살) 10월 5일 〈한글문학〉 제12집 115~134쪽(편자 한글문학회 회장 안장현. 발행 미래문화사, 서울. 1990. 10. 5.)에 발표하였다. 이 소설은 정신대 문제를 국내외에 역사적 관심사로 불러일으키는 주요 발단을 이루었다. 단편소설 '원주민촌의 축제'는 2007년 〈두산백과사전〉에 등재되었다.

허만길은 1991년 11월 30일 '정신대 위령의 날' 제정 및 '국제 사람몸 존중의 날' 제정을 제의해 많은 관심을 모았다. 〈주간조선〉(1991. 12. 15.), 〈한국일보〉(1992. 1. 6.), 〈조선일보〉(1992. 1. 18.), 〈동아일보〉(1992. 1. 21.), 〈주간경향〉(1992. 2. 9.), 국가안전보장회의와 비상기획위원회 공동 발행 〈비상기획보〉(1992년 봄호. 1992. 3. 1.) 등이 이를 소개했다.

허만길은 정신대 문제 제기 공로로 2004년 12월 10일 제56주년 세계인권선언기념일에 국가인권위원회 위원장 표창을 받았다.

자세한 내용은 허만길 저서 〈정신대 문제 제기 및 대한민국 임시정부 자리 보존운동 회고〉(발행 주식회사 에세이퍼블리싱, 서울. 2010. 12. 21.) 참고.

■ 13년간 현대적 개념의 학교 진로 교육 도입 및 발전 활동 (1993~2005년)

허만길은 1993년부터 2005년까지 13년간 우리나라 학교 현장에

현대적 개념의 진로 교육 도입 및 발전을 위해 활약하였다.

서울특별시교육연구원 진로교육연구부 연구사(1993. 3. 1.~1994. 5. 16. * 서울특별시교육연구원 진로교육연구부는 1990년 4월 개설)로서 중등학교 교사용 〈진로 지도의 이론과 실제〉 발간 기획 및 보급, 진로 교육 심포지엄 개최 등의 업무를 시작으로 하여, 한국진로교육학회 창립 활동(1993. 11. 4. 창립), 한국진로교육학회 이사(2000~2005), 서울진로교육연구회 부회장 및 이사(1993. 3. 1.~2001. 2. 28.), 서울초 · 중등학교진로교육연구회 감사(2001. 3. 1.~2005. 2. 28. * 2001년 3월 1일 '서울진로교육연구회'를 바꾼 이름), 서울특별시교원연수원 진로상담교사 자격연수 교육과정 편성위원(1996), 서울특별시교원연수원 진로상담교사 자격연수 강사(1996~1998), 서울특별시교육연구원 상담자원봉사연수 강사(1997), 서울특별시교육청 진로교육추진위원회 위원장(1997~1998), 서울특별시교육청 주관 중등학교 교원 대상 진로 교육 개선 논문 특별 공모 심사위원장(1998), 고등학교 교과서 〈진로 상담〉 집필(공저. 발행 서울특별시교육청. 1999년 1월 초판), 고등학교 교과서 〈진로와 직업〉 편찬 연구위원(발행 대한교과서주식회사. 2003년 3월 초판), 한국직업능력개발원 전문가협의회 위원(2004), 서울특별시교육과학연구원 진로정보센터 운영 자문위원(2003), 한국직업능력개발원 교원 진로교육 직무연수 강사(2005) 등을 지내면서 학교 진로 교육 정책 수립, 학교 진로 교육 체제 확립, 종전의 중등학교 '교도부'를 1994년 10월 '진로상담부'로 변경하기 위한 노력, 중등학교 '진로상담부' 기능 확립, 교육 시책 담당

자 · 교원 · 학부모 · 학생의 진로 교육 인식 변화 활동, 교사용 · 학생용 · 학부모용 진로 교육 자료 개발, 진로 교육 관련 각종 연수회 기획 및 지도, 진로 교육 연수회 주제 발표, 체계적인 진로 교육 모형 개발, 진로 교육 논문 발표, 중학교 교감 및 중 · 고등학교 교장으로서 학교 현장 진로 교육의 선도적 역할(1994. 5. 17.~2005. 8. 31.), 우리나라 최초로 중학생용 〈나의 진로 선택 길잡이〉 책 개발(1996), 중학생용 진로 탐색 학습장 개발(2000), 고등학생용 진로 학습장 개발(2004), 서울 당곡고등학교 교장 재직 중 서울특별시교육청 지정 선도학교 운영으로 고등학생의 소질, 적성 계발을 위한 진로 교육 프로그램 개발 및 보급(2004. 3. 1.~2005. 2. 28.) 등을 통해 우리나라 학교 현장에 현대적 개념의 진로 교육 도입 및 발전을 위해 활약하였다.

■ **1970년대부터 환경 운동 및 환경 교육 솔선수범**

허만길은 1970년대부터 환경 문제에 대해 많은 관심을 가졌는데, 1974년부터 5년간 경복고등학교 새마을 운동 담당 교사로서 자연 보호 운동을 벌이고, 경복고등학교 부설 방송통신고등학교 학생들과 자연 보호 운동에 앞장서고(1975~1978), 우리나라 쓰레기 종량제 법령 시행 첫해 1995년도에는 서울 강신중학교 교감으로서 서울특별시청소사업본부 후원으로 서울특별시교육청 지정 자원 재활용 시범학교를 운영하였다. 1995년 노랫말 '우리 자연 우리 환경'을 만들어(작곡 정미진. 서울대학교 대학원 작곡과 졸업) 노래를 보급하였는데, 환경부 장관은 1995년 10월 23일 자 공문으로 허만길에게 '감사의 글'을 보내 주었고, 주간 〈동아환경신문〉(서울)은 1996년 1월 1일 신년 특집으로 첫 면에 '우리 자연 우리 환경' 노래 가사를 싣고 그 속 장에 허만길과의 면담 기사를 실었다.

'우리 자연 우리 환경' 노래는 2021년 성악가 송승연 노래로 인터넷 유튜브(YouTube)에 악보와 함께 등재되었다.

■ 고향 경상남도 의령과 관련한 연구, 문학 창작, 노래 제작

허만길은 2020년 11월 현재까지 고향 경상남도 의령과 관련한 연구논문과 평론 36편, 문학작품 33편, 노래 가사 7편, 비문과 현판 시 3편을 발표하였다. 이들에 대한 목록과 수록 문헌과 해설을 실은 논문 '허만길의 의령 관련 논문, 문학 작품, 노래 해설'은 의령문화원 발행 〈의령문화〉 제30호 77~107쪽(2021)에 수록되어 있다.

그 뒤로도 허만길은 많은 의령 관련 글들을 발표하였다.

■ 저서

- 한국현대국어정책 연구(1994. 8. 25.)
- 음성언어교육의 영역설정 연구(1979. 8.)
- 우리말 사랑의 길을 열면서(2003. 5. 26.)
- 우리말 사랑의 길(1976. 6. 15.)
- 정신대 문제 제기 및 대한민국 임시정부자리 보존운동 회고 (2010. 12. 21.)
- (장편복합문학) 생명의 먼동을 더듬어(*세계 최초 복합문학. 1980. 4. 26.)

- (시집) 당신이 비칩니다(2000. 12. 23.)
- (시집) 열다섯 살 푸른 맹세(2004. 11. 27.)
- (시집) 아침 강가에서(2014. 9. 1.)
- (시집) 역사 속에 인생 속에(2023. 7. 18.)
- (장편소설) 천사 요레나와의 사랑(1999. 12. 20.)
- (깨달음 글) 인류를 위한 참언음(1980. 8. 21.)
- (수필집) 빛이 반짝이는 소리(1975. 10. 20.)
- (수필집) 열네 살 푸른 가슴(2007. 6. 4.)
- (수필집) 진리를 찾아 이상을 찾아(2007. 12. 21.)
- (수필집) 방송통신고등학교 학생과 졸업생에게 사랑을 보내며(2021. 11. 18.)
- (수필집-교육회고록) 저 푸른 별들에 제자들의 아픔과 소망이(2022. 9. 5.)
- (고등학교 교과서) 진로 상담(공동 집필, 서울특별시교육청, 1999. 1. 초판)

■ **단편소설**

- '원주민촌의 축제', 〈한글문학〉 제12집 115~134쪽. 편자 한글문학회. 발행 미래문화사. 서울. 1990. 10. 5.
- (*2차 발표) '원주민촌의 축제', 허만길 저서 〈정신대 문제 제기 및 대한민국 임시정부 자리 보존운동 회고〉 158~186쪽. 발행 에세이퍼블리싱(북랩), 서울. 2010. 12.
- (*3차 발표) '원주민촌의 축제', 월간 〈신문예〉 제94호 2018년

7 · 8월호 84~105쪽. 발행 도서출판 책나라, 서울. 2018. 7.

- '꽃망울', 월간 〈유아교육자료〉 1991년 3월호 100~103쪽. 발행 한국교육출판, 서울.
- '채색된 사람들', 〈한글문학〉 제13집 165~184쪽. 엮은이 한글문학회, 발행 도서출판 한누리, 서울. 1991. 4.
- '충격', 〈한글문학〉 제15집 239~253쪽. 엮은이 한글문학회. 발행 도서출판 한누리, 서울. 1992. 5.
- '진아 자매의 자굴산 축제', 〈한국소설〉(The Korea Novel) 166호 2013년 5월호 84~96쪽. 발행 한국소설가협회. 2013. 5. 1.
- '선생님의 사랑', 〈한국소설〉 206호 2016년 9월호 63~82쪽. 발행 한국소설가협회, 서울. 2016. 9.

■ 번역된 허만길(Hur Man-gil) 시

⊙ 허만길 시 '대한민국 상하이임시정부 자리'

* 일본어로 번역: '大韓民國の上海臨時政府の遺跡'

- 번역인: 文在球 문재구(문학 박사. 시인)

  수록: 한국 · 일본 · 중국 시인 시화집 〈동북아 시집〉(발행 천산. 2008. 10.). 허만길 시집 〈역사 속에 인생 속에〉(2023)

* 영어로 번역: 'The Site of the Korean Provisional Government in Shanghai'

- 번역인: Chung Eun-gwi 정은귀(영문학 박사. 한국외국어대학교 교수)
- 수록: 〈Poetry Korea Volume 7, 2018〉(편집 United Poets

Laureate International Korea Committee. 국제계관시인엽합 한국위원회. 발행 오름. 2018. 12.). 허만길 시집 〈역사 속에 인생 속에〉(2023)

⊙ 허만길 시 '아침 강가에서'

* 영어로 번역: 'At the Morning Riverside'

- 번역인: Chung Eun-gwi 정은귀(영문학 박사. 한국외국어대학교 교수)
- 수록: 〈제3회 세계한글작가대회기념 한영대역 대표작 선집(시집)〉(발행 국제PEN한국본부. 2017. 9.). 〈Poetry Korea Volume 6, 2017〉(편집 United Poets Laureate International Korea Committee. 국제계관시인연합 한국위원회. 발행 오름. 2017. 12.)

⊙ 허만길 시 '남태평양에서'

* 영어로 번역: 'In the South Pacific'

- 번역인: Kim Yong-jae 김용재(영문학 박사. 국제PEN한국본부 이사장)
- 수록: 〈Poetry Korea Volume 7, 2018〉(편집 United Poets Laureate International Korea Committee, 국제계관시인연합 한국위원회. 발행 오름. 2018. 12.)

⊙ 허만길 시 '겨울 사랑'

* 영어로 번역: 'Love in Winter'

- 번역인: Hur Man-gil 허만길(문학 박사. 시인)
- 수록: 〈참여문학〉 2015년 여름호(발행 문예촌. 2015. 6.)에 실림.

⦿ 허만길 시 '본다이 아침 해변'

* 영어로 번역: 'Bondi Beach in the Morning'

- 번역인: Chung Eun-gwi 정은귀(영문학 박사. 한국외국어대학교 교수)
- 수록: 〈제4회 세계한글작가대회 기념 영문 대표작 선집〉(발행 국제PEN한국본부. 2018. 11.)

⦿ 허만길 시 '초겨울의 미션 베이'

* 영어로 번역: 'Mission Bay in Early Winter'

- 번역인: Kim Yong-jae 김용재(영문학 박사. 국제PEN한국본부 이사장)
- 수록: 〈Poetry Korea Volume 8, 2019〉(편집 United Poets Laureate International Korea Center. 국제계관시인엽합 한국본부. 발행 오름. 2019. 12.)

⦿ 허만길 시 '함박눈'

* 영어로 번역: 'Large Snowflakes'

- 번역인: Kim In-young 김인영(문학 박사. 국제PEN한국본부 번역위원회 위원)
- 수록: 〈Poetry Korea Volume 8, 2019〉(편집 United Poets Laureate International Korea Center, 국제계관시인연합 한국본부. 발행 오름. 2019. 12.)

⦿ 허만길 시 '젊은 날의 4.19혁명'

* 영어로 번역: 'April 19 Revolution in the Memories of My Youth'

- 번역인: Kim Yong-jae 김용재(영문학 박사. 국제PEN한국본부

이사장)

- 수록: 〈Poetry Korea Volume 9, 2020〉(편집 United Poets Laureate International Korea Center, 국제계관시인연합 한국본부. 발행 오름. 2020. 6.)

⊙ 허만길 시 '악성 우륵 찬가'

* 영어로 번역: 'A Hymn to Ureuk, the Great Musician of Korean Antiquity'
- 번역인: Kim In-young 김인영(문학 박사. 국제PEN한국본부 번역위원회 위원)
- 수록: 〈Poetry Korea Volume 10, 2020〉(편집 United Poets Laureate International Korea Center, 국제계관시인연합 한국본부. 발행 오름. 2020. 12.)

⊙ 허만길 시 '의령 아리랑'

* 영어로 번역: 'Uiryeong Arirang'
- 번역인: Kim Yong-jae 김용재(영문학 박사. 국제PEN한국본부 이사장)
- 수록: 〈Poetry Korea Volume 10, 2020〉(편집 United Poets Laureate International Korea Center, 국제계관시인연합 한국본부. 발행 오름. 2020. 12.)

⊙ 허만길 시 '백두산 바라보며'

* 영어로 번역: 'Looking at Baekdusan Mountain'
- 번역인: Kim Yong-jae 김용재(영문학 박사. 국제PEN한국본부 이사장)

- 수록: 〈Poetry Korea Volume 12, 2021〉(편집 United Poets Laureate International Korea Center, 국제계관시인연합 한국본부. 발행 오름. 2021. 12.)

◉ 허만길 시 '내 아내여서 행복이네'

* 영어로 번역: 'My Wife Makes Me Happy'
- 번역인: Kim In-young 김인영(문학 박사. 국제PEN한국본부 번역위원회 위원)
- 수록: 〈Poetry Korea Volume 12, 2021〉(발행 United Poets Laureate International Korea Center, 국제계관시인연합 한국본부. 발행 오름. 2021. 12.)

◉ 허만길 시 '당신이 비칩니다'

* 영어로 번역: 'You Shine'
- 번역인: Hur Man-gil 허만길
- 수록: 〈Poetry Korea Volume 14, 2022〉(편집 United Poets Laureate International Korea Center, 국제계관시인연합 한국본부. 발행 오름. 2022. 12.)

◉ 허만길 시 '10대의 그날들'

* 영어로 번역: 'The Days of My Teenage Years'
- 번역인: Kim In-young 김인영(문학 박사. 국제PEN한국본부 번역위원회 위원)
- 수록: 2023 인사동시인협회 한영시집 〈인사동 사람들, Anthology of Insadong Poets in Korea〉(발행 책나라, 서울. 2023. 7.)

■ 작곡된 허만길 시

⊙ '우리 자연 우리 환경' (시 허만길. 작곡 정미진. 1995년 작곡)

- **작곡 정미진**: 서울대학교 작곡과 졸업. 서울대학교 대학원 작곡과 졸업
- **노래 소프라노 송승연**: 숙명여자대학교 대학원 성악과 졸업. 플라워싱어즈 중창단원
- **악보 수록**: (1) 〈주간교육신문〉 1995년 11월 13일(발행 주간교육신문사, 서울). (2) 허만길 시집 〈열다섯 살 푸른 맹세〉(발행 푸른사상사, 서울. 2004. 11.)
- 인터넷 유튜브(YouTube)에 노래와 악보 등재(박성진. 2021. 9.)

⊙ '악성 우륵 찬가' (시 허만길. 작곡 이종록. 2016년 작곡)

- **작곡 이종록**: 전 중앙대학교 · 전북대학교 교수. 한국작곡가회 상임고문
- **노래 소프라노 김순영**: 독일 만하임 국립음악대학 대학원 졸업. 세종대학교 외래교수
- **악보 수록**: (1) 이종록 작곡집 〈꽃들의 이야기〉(발행 도서출판 문학공원, 서울. 2016. 7.). (2) 〈2017년 제6회 의령 우륵 학술세미나 자료집〉 264~269쪽(발행 우륵문화발전연구회, 경남 의령군. 2017. 9. 16.). (3) 허만길 시집 〈역사 속에 인생 속에〉(발행 책과나무, 서울. 2023. 7.)
- **노래 수록**: 〈가곡동인 제15집 음반〉(제작 C&C, 서울. 2016. 8.)
- 인터넷 유튜브(YouTube)에 노래와 악보 등재(채선엽. 2020. 7.)

⊙ '의령 아리랑' (시 허만길. 작곡 정미진. 2013년 작곡)

- 작곡 정미진: 서울대학교 작곡과 졸업. 서울대학교 대학원 작곡과 졸업
- 노래 테너 이재욱: 이탈리아 ORFEO 국제성악아카데미 졸업.
- 노래 소프라노 이승옥: 서울대학교 성악과 졸업. 서울대학교 대학원 성악과 졸업. 나사렛대학교 성악과 강사
- 악보 수록: (1) 〈의령군보〉 제253호 2014년 2월 26일(발행 경남 의령군). (2) 허만길 시집 〈아침 강가에서〉(발행 도서출판 순수, 서울. 2014. 9.). (3) 〈의령문화〉 제24호(발행 의령문화원, 경남 의령군. 2015. 1.)
- 노래 수록: 〈허만길 작사 의령 노래 6곡집〉 CD음반(제작 허만길. 2016. 4.)
- 인터넷 유튜브(YouTube)에 노래와 악보 등재(채선엽. 2020. 6.)

⊙ '백두산 바라보며' (시 허만길. 작곡 이종록. 2020년 작곡)

- 작곡 이종록: 전 중앙대학교 · 전북대학교 교수. 한국작곡가회 상임고문
- 노래 소프라노 최윤정: 서울대학교 성악과 강사
- 악보 수록: (1) 이종록 작곡집 〈나 억새로 태어나도 좋으리〉(발행 문학공원, 서울, 2020. 1.). (2) 이종록 작곡집 〈그리운 바다〉 131~133쪽(발행 문학공원, 서울. 2023. 5.). (3) 허만길 시집 〈역사 속에 인생 속에〉(발행 책과나무, 서울. 2023. 7.)
- 노래 수록: 〈Composer Lee Jong-Rok Songs. Vol. 38〉(작곡가 이종록 가곡 제38집) 음반(제작 C&C, 서울. 2020. 2.)
- 인터넷 유튜브(YouTube)에 노래와 악보 등재(채선엽. 2020. 2.)

⊙ '내 아내여서 행복이네' (시 허만길. 작곡 이종록. 2021년 작곡)

- **작곡 이종록**: 전 중앙대학교 · 전북대학교 교수. 한국작곡가회 상임고문
- **노래 바리톤 박승혁**: 서울대학교 성악과 강사
- **악보 수록**: (1) 이종록 작곡집 〈그곳에 가면〉(발행 씨엔씨미디어, 서울, 2021. 8.). (2) 이종록 작곡집 〈그리운 바다〉 67~70쪽(발행 문학공원, 서울. 2023. 5.). (3) 허만길 시집 〈역사 속에 인생 속에〉(발행 책과나무, 서울. 2023. 7.)
- **노래 수록**: 〈Composer Lee Jong-Rok Songs. Vol. 47〉(작곡가 이종록 가곡 제47집) 음반(제작 C&C, 서울. 2021. 8.)
- 인터넷 유튜브(YouTube)에 노래와 악보 등재(박성진. 2021. 9.)

⊙ '진주 비봉산' (시 허만길. 작곡 이종록. 2020년 작곡)

- **작곡 이종록**: 전 중앙대학교 · 전북대학교 교수. 한국작곡가회 상임고문
- **노래 소프라노 최윤정**: 서울대학교 성악과 강사
- **노래 바리톤 유지훈**: 국립합창단 단원
- **악보 수록**: (1) 이종록 작곡집 〈나 억새로 태어나도 좋으리〉(발행 문학공원, 서울, 2020. 1.). (2) 이종록 작곡집 〈그리운 바다〉 234~237쪽(발행 문학공원, 서울. 2023. 5.)
- **노래 수록**: 〈Composer Lee Jong-Rok Songs. Vol. 39〉(작곡가 이종록 가곡 제39집) 음반(제작 C&C, 서울. 2020. 2. *최윤정 노래)
- 인터넷 유튜브(YouTube)에 노래(최윤정. 유지훈)와 악보 등재(채

선엽 2020. 3.)

⊙ '해운대 달밤' (시 허만길. 작곡 이종록. 2017년 작곡)

- **작곡 이종록**: 전 중앙대학교 · 전북대학교 교수. 한국작곡가회 상임고문
- **노래 테너 박진형**: 서울대학교 성악과 졸업. 이탈리아 파르마 오르페오 아카데미 졸업
- **악보 수록**: (1) 이종록 작곡집 〈그대 가슴에 들국화〉(발행 문학공원, 서울, 2017. 3.). 이종록 작곡집 〈그리운 바다〉 261~264쪽(발행 문학공원, 서울. 2023. 5.)
- **노래 수록**: 〈Composer Lee Jong-Rok Songs. Vol. 33〉(작곡가 이종록 가곡 제33집) 음반(제작 C&C, 서울. 2017. 3.)
- 인터넷 유튜브(YouTube)에 노래 등재(세계로부천방송. 2019. 6.)

⊙ '우정의 자리' (시 허만길. 작곡 신동민. 2013년 작곡)

- **작곡 신동민**: 남부대학교 교수. 빛고을청소년관현악단 상임작곡가
- **노래 바리톤 유훈석**: 이탈리아 베르첼리 아카데미아 최고연주자과정 졸업. 중앙대학교 성악과 강사
- **악보 수록**: (1) 〈한겨레 가곡집〉 제7집(발행 한겨레작곡가협회, 서울. 2013. 12.). (2) 허만길 시집 〈아침 강가에서〉(발행 도서출판 순수, 서울. 2014. 9.)
- **노래 수록**: 〈한겨레 가곡집 제7집〉 가곡음반(제작 한겨레작곡가협회, 서울. 2013. 12.)

⊙ '여의도 꽃길' (시 허만길. 작곡 이일구. 2014년 작곡)

- **작곡 이일구**: 음악 지휘가. 가곡 전문 작곡가

- **노래 소프라노 이현민**: 서울대학교 성악과 졸업. 미국 메릴랜드 대학교 음악대학원 졸업. 울산대학교 객원 교수
- **악보 수록**: 〈가곡동인 제10집〉 가곡음반(제작 C&C, 서울. 2014. 10.)
- 인터넷 유튜브(YouTube)에 노래와 악보 등재(채선엽. 2020. 6.)

⊙ '한강 샛강다리' (시 허만길. 작곡 이종록. 2015년 작곡)

- **작곡 이종록**: 전 중앙대학교 · 전북대학교 교수. 한국작곡가회 상임고문
- **노래 소프라노 이미성**: 독일 스투트가르트(Stuttgart) 국립음악대학 최고연주자과정졸업. 한국성서대학교 외래교수
- **악보 수록**: 이종록 작곡집 〈잃어버린 조가비〉(발행 문학공원, 서울. 2015. 7.)
- **노래 수록**: 〈Composer Lee Jong-Rok Songs. Vol. 28〉(작곡가 이종록 가곡 제28집) 음반(제작 C&C, 서울. 2015. 7.)
- 인터넷 유튜브(YouTube)에 노래와 악보 등재(채선엽. 2020. 2.)

⊙ '서울 메낙골공원' (시 허만길. 작곡 김성봉. 2015년 작곡)

- **작곡 및 노래 김성봉**: 대중가요 작곡가. 가수
- 〈한국문학방송〉(DSB) 지원으로 2015년 10월 노래 제작.
- 인터넷 유튜브(YouTube)에 노래와 악보 등재(한국문학방송DSB. 2015. 10.)

⊙ '자굴산' (시 허만길. 작곡 오혜란. 2012년 작곡)

- **작곡 오혜란**: 작곡가. 편곡가. 현악 합주단 울림(Ullim) 단장
- **노래 소프라노 이승옥**: 서울대학교 성악과 졸업. 서울대학교 대학

원 성악과 졸업. 나사렛대학교 성악과 강사

- **악보 수록**: (1) 전국자굴산모임연합회 2012년 정기총회 회의자료. (2) 허만길 시집 〈아침 강가에서〉(발행 도서출판 순수, 서울. 2014. 9.). (3) 〈의령문화〉 제24호(발행 의령문화원, 경남 의령군. 2015. 1.)
- **노래 수록**: 〈허만길 작사 의령 노래 6곡집〉 CD음반(제작 허만길. 2016. 4.)
- 인터넷 유튜브(YouTube)에 노래와 악보 등재(채선엽. 2020. 6.)

⊙ '금지샘 사랑' (시 허만길. 작곡 오혜란. 2013년 작곡)

(금지샘은 경남 의령군 자굴산에 위치)

- **작곡 오혜란**: 작곡가. 편곡가. 현악 합주단 울림(Ullim) 단장
- **노래 가수 이장호**: 대중가요 가수
- **악보 수록**: (1) 허만길 시집 〈아침 강가에서〉(발행 도서출판 순수, 서울. 2014. 9.). (2) 〈의령문화〉 제24호(발행 의령문화원, 경남 의령군. 2015. 1.)
- **노래 수록**: 〈허만길 작사 의령 노래 6곡집〉 CD음반(제작 허만길. 2016. 4.)
- 인터넷 유튜브(YouTube)에 노래와 악보 등재(채선엽. 2020. 7.)

⊙ '칠곡 사랑' (시 허만길. 작곡 정미진. 2011년 작곡)

(칠곡은 허만길 시인의 고향 경상남도 의령군 칠곡면을 가리킴.)

- **작곡 정미진**: 서울대학교 작곡과 졸업. 서울대학교 대학원 작곡과 졸업
- **노래 소프라노 송승연**: 숙명여자대학교 성악과 졸업. 숙명여자대

학교 대학원 성악과 졸업. 플라워싱어즈 중창단 단원

- **악보 수록**: (1) 허만길 시집 〈아침 강가에서〉(발행 도서출판 순수, 서울. 2014. 9.). (2) 〈의령문화〉 제24호(발행 의령문화원, 경남 의령군. 2015. 1.)
- **노래 수록**: 〈허만길 작사 의령 노래 6곡집〉 CD음반(제작 허만길. 2016. 4.)
- 인터넷 유튜브(YouTube)에 노래와 악보 등재(채선엽. 2020. 3.)

⊙ '의령을 위하여' (시 허만길. 작곡 진형운. 2014년 작곡)

- **작곡 진형운**: 창원대학교 대학원 음악학과 졸업. (경남) 의령예술단 단장. 기독교 음악 예술원 교수
- **노래 테너 이재욱**: 이탈리아 ORFEO 국제성악아카데미 졸업
- **악보 수록**: 〈의령문화〉 제24호(발행 의령문화원, 경남 의령군. 2015. 1.)
- **노래 수록**: 〈허만길 작사 의령 노래 6곡집〉 CD음반(제작 허만길. 2016. 4.)
- 인터넷 유튜브(YouTube)에 노래와 악보 등재(채선엽. 2020. 6.)

⊙ '한우산 철쭉꽃' (시 허만길. 작곡 오혜란. 2014년 작곡)

- **작곡 정미진**: 서울대학교 작곡과 졸업. 서울대학교 대학원 작곡과 졸업
- **노래 테너 이재욱**: 이탈리아 ORFEO 국제성악아카데미 졸업
- **악보 수록**: (1) 〈의령문화〉 제24호(발행 의령문화원, 경남 의령군. 2015. 1.). (2) 〈의령시사신문〉 2015년 1월 15일(의령군 의령읍)

- **노래 수록**: 〈허만길 작사 의령 노래 6곡집〉 CD음반(제작 허만길. 2016. 4.)
- 인터넷 유튜브(YouTube)에 노래와 악보 등재(채선엽. 2020. 7.)

◉ **'방송통신고등학교 교가' (시 허만길. 작곡 화성태. 1978년 작곡)**

- **작곡 화성태**: 작곡가. 서울 무학여자고등학교 음악과 교사
- **노래 바리톤 유지훈**: 국립합창단 단원
- **악보 수록**: (1) 한국교육개발원 인터넷 홈페이지. (2) 허만길 시집 〈열다섯 살 푸른 맹세〉(발행 푸른사상사, 서울. 2004. 11.). (3) 〈방송통신고등학교 40년사〉 35~36쪽(발행 한국교육개발원. 2016. 12.). (4) 허만길 수필집 〈방송통신고등학교 학생과 졸업생에게 사랑을 보내며〉 1쪽(발행 지식과 감성, 서울. 2021. 11.)
- **노래 수록**: (1) 인터넷 유튜브(YouTube)에 노래와 악보 등재(채선엽. 2020. 2.). (2) 인터넷 유튜브(YouTube)에 노래 1절 등재(신경희. 2017. 1.)

◉ **'칠곡초등학교동문 기림' (시 허만길. 작곡 허흔도. 2012년 작곡)**
(칠곡초등학교는 경남 의령군 칠곡면에 있으며, 허만길 문학 박사의 모교임.)

- **작곡 허흔도**: 부산대학교 사범대학 음악교육과 졸업. 의령문화원 원장
- **노래 소프라노 송승연**: 숙명여자대학교 성악과 졸업. 숙명여자대학교 대학원 성악과 졸업. 플라워싱어즈 중창단 단원
- **악보 수록**: (1) (의령군 칠곡면) 칠곡초등학교 총동문회 2013년 정기총회 회의자료. (2) 허만길 시집 〈아침 강가에서〉(발행 도서

출판 순수, 서울. 2014. 9.). (3) 〈의령문화〉 제24호(발행 의령문화원, 경남 의령군. 2015. 1.). (4) 칠곡초등학교 개교100주년 기념문집 〈다시 보는 100년, 100년의 추억을 담다〉 94쪽(발행 칠곡초등학교 개교100주년기념사업추진위원회. 2022. 5. 1.)

- 인터넷 유튜브(YouTube)에 노래와 악보 등재(채선엽. 2021. 7.)

⊙ '꽃송이 어린이' (시 허만길. 작곡 박임전. 1978년 작곡): 동요

⊙ '일하며 배우며' (시 허만길. 작곡 화성태. 1985년 작곡)

(허만길 문학 박사가 서울 영등포여자고등학교 야간 특별학급 학생들을 위해 1985년 5월 15일 '스승의 날'에 선사한 노래)

- 작곡 화성태: 작곡가. 고등학교 음악과 교사
- 악보 수록: (1) 허만길 시집 〈열다섯 살 푸른 맹세〉(발행 푸른사상사, 서울. 2004. 11.). (2) 허만길 수필집 〈저 푸른 별들에 제자들의 아픔과 소망이〉 40쪽(발행 책과나무, 서울. 2022. 9. 5.)

⊙ '오경인 선생 송축가' (시 허만길. 작곡 박판길. 1977년 작곡)

(경복고등학교 교장 오경인 정년퇴임 기념 송축가 시)

- 작곡 박판길: 성신여자대학교 음악학과 교수
- 악보 수록: 〈오경인 교장 정년퇴임기념문집 교단 반세기〉(1977. 8.)

⊙ '곱여섯둘덟의 노래' (시 허만길. 작곡 남상훈. 1976년 작곡)

(허만길 문학 박사가 담임한 서울 경복고등학교 1976년도 제2학년 8반 학급 노래. '곱여섯둘덟'은 1976년 '일곱여섯', 제2학년 '둘' 8반 '여덟'에서 따온 말임.)

- '곱여섯둘덟의 노래'가 작곡되었던 때로부터 39년째 되는 2014년 3월 11일 그때의 학급 동창 모임 '곱여섯둘덟모임'이 테너 이재욱

(이탈리아 ORFEO 국제성악아카데미 졸업) 노래로 〈곱여섯둘덟의 노래〉 CD음반을 제작함.

- **악보 수록**: 허만길 시집 〈열다섯 살 푸른 맹세〉(발행 푸른사상사, 서울. 2004. 11.)
- 인터넷 유튜브(YouTube)에 노래와 악보 등재(채선엽. 2020. 4.)

■ 허만길 관련 문헌 등재

⊙ 〈기네스북〉(*한국어 번역판. 발행처 신아사, 서울. 1991. 2. 25.)의 '한국 편'(302쪽)에 '허만길(1943년 3월 21일생) 최연소 중학교 교원 자격증 취득(18살. 1961년 4월 10일) 및 최연소 고등학교 교원 자격증 취득(19살. 1962년 12월 6일)' 등재 풀이(*영국 기네스본부 Guinness PLC 발행 '기네스북, The Guinness Book of Records' 번역본에 '한국 편' 첨가)

⊙ 〈대한민국 5,000년사〉 제7권 '한국 인물사' 1009쪽(엮은이 역사편찬회. 펴낸 곳 역사편찬회 출판부, 서울. 1991. 4. 10.)에 '허만길' 등재 풀이

⊙ 〈대한민국 현대 인물선〉 1401쪽(발행 대한민국현대인물편찬회, 서울. 1991. 7. 1.)에 '허만길' 등재 풀이

⊙ 〈한국을 움직이는 인물들〉(Who's Who in Korea) 2527쪽(발행 중앙일보사, 서울. 1997. 12. 20.)에 '허만길' 등재 풀이

⊙ 〈두산세계대백과사전〉(CD-ROM판. 발행 두산동아출판사, 서울. 2001. 9.)에 허만길 창시 '복합문학(複合文學, Complex Literature)' 등재 풀이

- ⦿ 〈두산백과사전〉(발행 주식회사 두산, 서울. 2001. 9.)에 허만길 창시 '복합문학(複合文學, Complex Literature)' 등재 풀이
- ⦿ 〈한국 시 대사전〉 3293~3295쪽(발행 을지출판공사, 서울. 2004. 12. 1.)에 '허만길' 등재. 허만길 소개 및 대표 시 9편 실음.
- ⦿ 〈국가 상훈 인물 대전〉 제5권 '현대사의 주역들' 1525쪽(발행 국가상훈편찬위원회, 서울. 2005. 6. 20.)에 '허만길' 등재 풀이
- ⦿ 〈두산백과사전〉(발행 주식회사 두산, 서울. 2007. 3. 2.)에 허만길의 정신대(종군 위안부) 문제 단편소설 '원주민촌의 축제[原住民村의 祝祭, A Feast in the Village of Natives]' 등재 풀이
- ⦿ 〈한국 시 대사전〉(The Encyclopedia of Korean Poetry) 3295~3296쪽(발행 이제이피북 Ejpbook, 서울. 2011. 3. 31.)에 '허만길' 등재. 허만길 소개 및 대표 시 5편 수록
- ⦿ 〈대한민국 문인방목(文人榜目)〉 69쪽(발행 한국문학방송, 서울. 2016. 8. 15.)에 허만길 문인 등단 사항 등재
- ⦿ 〈한국문학인대사전〉 458쪽(편저 한국작가협회. 발행 지식의 샘, 서울. 2022. 12. 30.)에 '허만길' 등재 소개
- ⦿ 〈한국 시 대사전〉(발행 을지출판공사, 서울. 2023. 12.)에 '허만길' 등재. 허만길 소개 및 대표 시 실음.

■ 허만길 시비

- ⦿ 개화예술공원(충남 보령시)에 허만길 시비 '당신이 비칩니다' 건립(2009. 11. 30.)
- ⦿ 시인의 성지(그전 이름: 시와 숲길 공원. 충남 보령시 주산면)

에 허만길 시비 '대한민국 상하이임시정부 자리' 건립(2010. 4. 23.). 뒷면에 허만길 약력. 한국현대문학100주년기념탑 근처

⊙ 시인의 성지(충남 보령시 주산면) 허만길 시비 '아침 강가에서' 건립. 허만길 인물상, 약력 조각(2012. 5. 12.)

⊙ 경남 의령군 칠곡면 '애향비'(2001. 8. 15. 건립)에 허만길 시 '내 고향 칠곡' 조각

■ **서울특별시 지하철역 승강장 허만길 시 게시**

⊙ 허만길 시 '그리운 목소리': 2009년 12월부터 3년간

⊙ 허만길 시 '서울의 새 아침': 2012년 12월부터 3년간

⊙ 허만길 시 '함박눈': 2015년 12월부터 3년간

⊙ 허만길 시 '여름 밤하늘': 2021년 12월부터 3년간

■ **허만길 자료 및 저술 보관 타임캡슐**

충남 보령시 주산면 시인의 성지(그전 이름: 시와 숲길 공원) 한국현대문학 100주년기념탑 옆 '한국문인인물자료 100년 보존 타임캡슐'에 허만길 인물 사진, 자필 시 '대한민국 상하이임시정부 자리', 허만길 약력, 허만길 저서, 서울대학교 석사학위 논문 인쇄 지형, 순수문학 작가상 상패 사진 등 보관(2015년 4월 25일 봉인. 2115년 4월 25일 개봉)

Introduction to Hur Man-gil (**July 2023**)

His Life, Research, Education, and Literature

■ Birth and Family

Hur Man-gil's surname is Hur and given name is Man-gil. His nationality is the Republic of Korea (South Korea). Hur Man-gil (許萬吉. 1943 -) is a Master of Arts in Education (with Korean Language Arts education major) at Seoul National University, Ph.D. in Literature (with Korean linguistics and literature major) at Hongik University, Complex Literature (複合文學) founder in 1971 (at age 28), Poet (debut through 'Hangeul Literature' in 1989), Novelist (debut through 'Hangeul Literature' in 1990), Essayist, and Educator (since age 18).

■ Early Life and Education

Hur Man-gil learned Chinese characters at Seodang (a private small school for the Chinese classics) since he was 3 years old.

In 1953, at the age of 10, when he was in the fifth grade of Chilgok Elementary School in Uiryeong-gun,

Gyeonsangnam-do, when the soldiers who joined the Korean War were killed and the remains returned to their hometown, he read a memorial address on behalf of the students at a memorial ceremony.

He received the Uiryeong Superintendent's Award as top honors graduating from Chilgok Elementary School in March 1955. He graduated from Jinju Middle School in March 1958, and Jinju Normal School (a national high school to train elementary school teachers) in March 1961, in Jinju-si, Gyeongsangnam-do, helping his father who worked at the barber shop in Jinju Bongnae Elementary School.

He was at the top of about 470 students in the mock high school entrance exam held just before graduating from middle school, and received the Academic Encouragement Award which was given with donations from teachers at the graduation ceremony.

In addition, he won the honor prize, the three-year perfect attendance prize, and the merit award as the chairman of the book committee. In particular, teachers in the research department in charge of library affairs wrote in a book presented to Hur Man-gil, "Congratulations on your graduation. We praise Hur Man-gil's sincere humanity with this book. March 3, 1958. Department of Research, Jinju

Middle School".

He graduated from Jinju Normal School (a national high school to train elementary school teachers) as valedictorian and was appointed as an elementary school teacher in Busan on March 31, 1961, at the age of 18. It was his first start as an educator.

He graduated from Dong-A University (night class) with Korean Literature major in 1967, while working as an elementary and middle school teacher in Busan. He received a Master's degree in education from Seoul National University in 1979 with Korean Language Arts Education major, and a doctorate in literature from Hongik University in 1994 with Korean Linguistics and Literature major.

■ At the age of 17, in 1960, leading the April 19 Revolution as the president of Student Council at Jinju Normal School

Hur Man-gil led the April 19 Revolution as the president of both Student Council and Steering Committee of the Student National Defense Corps at Jinju Normal School (a national high school to train elementary school teachers) in Jinju city, Kyeongsangnam-do, in 1960, at the age of 17. He read the declaration in front of the citizens leading the protesters. The April 19 Revolution is mass protests in South Korea against president and the First Republic in 1960.

■ Acquisition of the youngest middle school teacher certificate at the age of 18 and the youngest high school teacher certificate at the age of 19 by state implementation

Hur Man-gil passed the state-run middle school teacher qualification examination for Korean Language Arts major with the highest score, and the state-run high school qualification examination for Korean Language Arts major with the highest score. He obtained the Certificate of Middle School Teacher for Korean Language Arts major as the youngest at the age of 18, in 1961, and the Certificate of High School Teacher for Korean Language Arts major as the youngest at the age of 19, in 1962. He was listed in 'Korean Part' of 'The Guinness Book of Records' published as Korean version with translating the English original into Korean and addition of 'Korean Part' as the youngest middle school teacher certificate acquirer and the youngest high school teacher certificate acquirer (Sinasa Publisher, Seoul, Korea. 1991).

■ Efforts to find the basic and core enlightenment

Hur Man-gil has been in search of the ultimate reason of life and the universe since childhood, and on August 21, 1964, at the age of 21, he reached his basic and core enlightenment centering on Cham (眞, Truth) as the essential and ideal ultimate nature.

He sets Absolute Being (the chief root of creation. the top root of all abstract and concrete manifestations. the supreme god of the heavenly nation and all universes), Cham (Truth. the essential and ideal ultimate nature that is fundamentally inherent in all creation), Hanhim (Great-Power. the fundamental force of reason, power, and action given to direct, indirect creation), and Won-gi (Prenergy. the most primitive source of creation) as four absolute concepts in his enlightenment.

■ Research activities in various fields including Korean linguistics, language education, Complex Literature conceptualization, literature review, career education, field-oriented education research, etc.

Hur Man-gil received a Master's degree in education with Korean language arts education major from Seoul National University in Seoul in 1979, and a doctorate in literature with Korean linguistics and literature major from Hongik

University in Seoul in 1994.

He tried to research hard. In July 1966, at the age of 23, he won the first prize in the secondary school teacher's department of the 10th National Education Research Conference hosted by the Korean Education Association as the youngest person in the history of the conference.

He has achieved a lot of research results in various fields such as Korean language policy, Korean linguistics, dynamic language theory, oral language education, Korean language arts education, Korean language love theory, Complex Literature conceptualization, literature review, career education, educational philosophy, and field-oriented education research.

He also published many papers on historical figures (Confucian scholar Hur Won-bo, righteous army general Gwak Jae-woo, Gayageum music founder Ureuk, scholar Gang Eung-doo, independence activist Hur Chan-do, virtuous woman and faithful daughter-in-law Kim Yun-hee, etc.), etymology and origins of various regions belonging to his hometown Uiryeong-gun, Gyeongsangnam-do.

■ Development and achievements of the Korean language purification movement

Hur Man-gil promoted nationwide Korean Language Purification Movement with his students and contributed to establish theories of love for Korean Language from 1968, at age 25, serving as a high school teacher. He helped President Park Chung-hee promote Korean Language Purification Movement in 1976 through advising Ph.D. Park Jong-hong, special advisor to the president. * Foreign languages including Japanese, and slang were rampant in Korea for a long time since Korea's liberation from Japanese colonial rule in 1945, so Hur Man-gil began to campaign to purify the Korean language.

Details related to the above were presented in his books, 'Opening a Way of Our Korean Language Love (Munyechon publishing. Seoul. 2003)', and 'The Way of Love for Our Korean Language' (Hagyesa publishing, Seoul. 1976).

■ Founding of Complex Literature

Hur Man-gil founded 'Complex Literature' for the first time in the literature history on September 1, 1971, and on the same date published a part of 'Searching for the Dawn of Life' ('생명의 먼동을 더듬어' in Korean), the first work in this genre, in a monthly magazine 'Gyoyuk Sinpung' (the meaning: New Trend of Education). Parts of this work were published serially from the September 1971 issue of 'Gyoyuk Sinpung' to the November 1971 issue, until the magazine publication was discontinued.

The author Hur Man-gil made it clear in the preface that this work takes the form of 'Complex Literature' and briefly described the characteristics of this genre.

In fact, he finished writing 'Searching for the Dawn of Life' at 0:43 on October 26, 1969, at the age of 26, about two years before its first part publication. It was 1967, at the age of 24 when he thought of writing a work that has form of 'Complex Literature', and started writing the book. In 1971, at his age of 28, part of the work was published and introduced to the world.

Later, when he published this work as a book on April 26, 1980, he described in the preface the definition, utility (or usefulness), and significance of Complex Literature with his motivation for founding it in a rather detailed manner.

As the founder of Complex Literature, Hur Man-gil wishes that the genre will be defined or explained as following:

"Complex Literature (복합문학, 複合文學): A form of literature founded by Korean Hur Man-gil (허만길, 許萬

吉: 1943 -. Poet, Novelist, Ph.D.) in 1971 and formed with complex genre using various subgenres of literature such as poetry (lyric, epic, dramatic), novels (including short stories), plays, scenarios, and essays (including diaries, letters, etc.) in completing a literature work. He expected that Complex Literature could give change, vitality, freshness to literature, and a synergistic effect in presenting the theme of a work. Hur Man-gil published parts of his first Complex Literature, 'Searching for the Dawn of Life' serially from the September 1971 issue of Korean monthly 'Gyoyuk Sinpung' (the meaning: New Trend of Education) to the November 1971 issue, and its whole work in the book form on April 26, 1980."

'Complex Literature' founded by Hur Man-gil was registered and explained in the 'Doosan Encyclopedia' (Doosan Corporation, Seoul) on September 1, 2001. The registered item in the encyclopedia is '복합문학'(複合文學, Complex Literature).

■ **Literature activities as poet, novelist, and essayist**

Hur Man-gil who founded 'Complex Literature' on September 1, 1971, at the same time, publishing a part of 'Searching for the Dawn of Life'('생명의 먼동을 더듬어' in Korean), the first work in this genre, also made debut as a poet through 'Hangeul Literature' with poetry 'Words from Flowers and Autumn', 'Warm Hearts Together', and 'On Days When It's Autumn' in 1989, and as a novelist through 'Hangeul Literature' with the short story (the short novel) 'A Feast in the Village of Natives' in 1990, which is regarded as the first short story on the Korean comfort women for Japanese soldiers during World War Ⅱ.

The tendency of Hur Man-gil's poetry emphasized the pain and encouragement of history and life, the pursuit of truth and ideals, the beauty of love, the love of country, and the love of education in the content, and sought to harmonize lyricism and symbolism with a clear and beautiful language and contemplative attitude in the technique. He also wrote various forms of poetry, including lyric poetry, epic poetry (e.g. 'My Father's Patriotism', 'Stubbornness and Reward', 'My mother Full of Love and Sacrifice'), dramatic poetry (e.g. 'Wish for the Birth of Life'), prose poetry(e.g. 'Mina's Solitude'), long poetry(e.g. 'My Father's Patriotism', 'My mother Full of Love and Sacrifice', 'The Appreciation of My Ancestors and Family', 'Thinking of My sister'), and serial poetry (e.g. 30 series of poems, 'You Shine').

In 1989, Sookmyung Women's University professor Kim Nam-seok, a literary critic, commented that Hur Man-gil's poems stood out for 'the soundness of the poetical thought', 'the accuracy of the image', 'the various uses of the rhetoric', and 'the poetic filtration of a view of life'.

In 2011, his poems were praised for their pure, clear, and transcendental spirit, as a result, he received the Integrity Literature Award ('청백문학상' in Korean) from literature journal 'Munyechunchu' (Seoul).

In 2014, marking the 100th anniversary of Korean modern literature, Hur Man-gil received the Monthly Pure Literature Writer Award given by the Monthly Pure Literature Publishing with the title of the National Writer for his poetry collection 'At the Morning Riverside' (2014).

His notable poetry includes 'The Site of the Korean Provisional Government in Shanghai', 'My Father's Patriotism', 'Looking at Baekdusan Mountain', 'April 19 Revolution in the Memories of My Youth', 'My mother Full of Love and Sacrifice', 'The Appreciation of My Ancestors and Family', 'Thinking of My sister', 'The Days of My Teenage Years', 'The Pain of Youth', 'My Youth', 'People Who Make Rooms', 'Even though Meeting Night at Night', 'In the South Pacific','Night in Sidney', 'At the Morning Riverside',

'Large Snowflakes', 'When Early Summer Flutters', 'The Ginkgo at Guryongsa Temple', 'All are String and Strength to Each Other', 'Mission Bay in Early Winter', 'If There's a Name You Want to Call', 'You Shine', and 'Drizzle', 'A Jar of Light', 'Watching the Angel', 'The Constellation of Love', 'With a Star in My Arms', 'Finding the Way to be the Teacher', 'The Graduation Trip of Industrial Schoolgirls', 'A Field of Teaching', 'Teaching More Difficult than Learning', 'In History and in Life', 'The Summer Night Sky'.

His best known short story(short novel) is 'A Feast in the Village of Natives' published in 1990, regarded as the first short story on the Korean comfort women for Japanese soldiers during World War Ⅱ.

His novel 'Love with Angel Yorena' published in 1996 is also noteworthy. This work aims to show the way to the true life of human beings and communities. The Novel tries to brighten the essential and ideal ultimate nature of God, the universe, and mankind through the story of meeting the most mysterious love in the most mysterious place in the world. The important backgrounds are the heaven, the Blue Mountains in Australia, New Zealand, Mana Island, Korea, and the spiritual world, featuring the head of Shrine and angel Yorena.

He wrote a lot of essays including 'The Heart of Mother', 'The Story of a Leave of Absence from My Teaching Work', 'Meeting with Korean Linguist Ph.D. Choi Hyun-bae', and 'The diary of a Baby Granddaughter and Grandfather'. He published several essay collections, 'The Sounds of the Brilliant Light' (1975), 'Blue Heart of 14 Years Old' (2007), 'Looking for Truth and Ideal' (2007), 'Sending Love to Students and Graduates of Open High School' (2021), and 'The Pain and Hope of the Disciples in Those Blue Stars' (2022).

■ Publishing of the first short story on the issue of Korean comfort women for the Japanese military during World War Ⅱ

Hearing from his father, Hur Chan-do who was a Korean independence activist, about the Korean comfort women for the Japanese military during World War Ⅱ, Hur Man-gil was very interested in the comfort women issue.

As a teacher since 1961, at age 18 and a public official of the Ministry of Education, the Republic of Korea since 1987, at age 43, he continued to inform people of problems of the Korean comfort women for Japanese soldiers during World War Ⅱ. Keeping in mind that the issue should not be buried in the past, he published a short story (a short novel) on the comfort women, 'A Feast in the Village of Natives' in 'Hangeul Literature' volume 12 (Miraemunhwasa Publisher, Seoul) on October 5, 1990, at age 47. The work is regarded as the first short story on the issue.

On November 30, 1991, Hur Man-gil proposed the enactment of 'Japanese Military Sexual Slavery Memorial Day' and 'International Human Body Respect Day'. This was introduced in 〈Weekly Chosun〉 (December 15, 1991), 〈The Hankook Ilbo〉 (January 6, 1992), 〈Chosun Ilbo〉 (January 18, 1992), 〈Donga Ilbo〉 (January 21, 1992), 〈Weekly Kyunghyang〉 (February 9, 1992), 〈Emergency Planning Bulletin, Spring issue of 1992〉 (joint issue of National Security Council and Emergency Planning Committee. March 1, 1992), etc.

He was awarded a citation from the Chairperson of the National Human Rights Commission of the Republic of Korea on the 56th anniversary of the Universal Declaration of Human Rights on December 10, 2004, for raising the Japanese Military Sexual Slavery issue and the protection of the human rights of night special class girls who work in industries during the day.

His short story 'A Feast in the Village of Natives' was

registered and explained in the 'Doosan Encyclopedia' (Doosan Corporation, Seoul, Korea) in March 2007. The registered item in the encyclopedia is '원주민촌의 축제' (原住民村의 祝祭, A Feast in the Village of Natives).

Details related to the above were described in Hur Man-gil's book, 'Memoirs of Raising Comfort Women Problems during World War Ⅱ and the Preservation Campaign for the Korean Provisional Government Place in Shanghai' (Essay Publishing, Seoul. 2010).

■ Preservation campaign for the Korean Provisional Government Place in Shanghai, China

Hur Man-gil developed the preservation campaign for the Korean Provisional Government Place in Shanghai, China from June 13, 1990 for the first time since the restoration of Korean independence on August 15, 1945, and got good results.

He visited China from June 7 to June 13, 1990, leading the Korean Overseas Training Group of School Teachers as the Government School Inspector at the National Institute for Educational Research & Training, the Ministry of Education, the Republic of Korea, before Korea established the diplomatic relation with China.

On June 13, 1990, at the end of their training, they visited the place where the Korean Provisional Government in Shanghai was located during the Japanese occupation of Korea. The place did not have any sign of showing its history even though it was 45 years after the Korean liberation.

He recited his improvised poem 'The Site of the Korean Provisional Government in Shanghai' in front of the training group on the bus. Listening to the poem, all the trainees were solemn. Hur Man-gil's improvised poem became a cue for the preservation movement of the Korean Provisional Government site in Shanghai.

As soon as he returned to Korea, he started a preservation movement of the site of Korean Provisional Government in Shanghai including Korean historical sites overseas.

Newspapers published it as articles such as 'The Korean Provisional Government site in Shanghai with no sign', 'What a shame for the address of former Korean Provisional Government site even not to be confirmed', 'Let's exert ourselves to preserve the site of the Korean Provisional Government', and 'the site of the Korean Provisional Government in Shanghai should be permanently preserved'.

He wrote a letter to the Mayor of Shanghai, China on July 28, 1990 and sent it by express mail. He asked the mayor to set a sign for the site of the Korean Provisional Government and to manage the historical site with special attention.

The many people who read his article in the newspaper encouraged him with agreement. Shortly afterward, the government of the Republic of Korea officially asked the Chinese government to help preserve the Korean Provisional Government site. On this, the Chinese government purchased the provisional government building to restore in cooperation with Korean companies.

In March 1993, two years and eight months after he started the preservation movement, Chinese government established the Management Office of the Historic Site of the Korean Provisional Government in Madang-lu, Shanghai. Since then, the restored building has been systematically managed and in April of the same year, it was open to the public. And it became an international attraction.

His poem 'The Site of the Korean Provisional Government in Shanghai' was published in the book 'The Encyclopedia of Korean Poetry' (Ejpbook Publishing, Seoul. 2011), his poetry book, 'At the Morning Riverside' (Pure Literature Publishing, Seoul, 2014), 'In History and in Life' (2023), and others.

The poem was translated into Japanese by Korean Ph.D. Mun Jae-goo in 2008, and it was published in 'The Anthology of Contemporary Korean · Chinese · Japanese Poets' (Ed. Korean Modern Poets Association. Cheonsan Publishing, Seoul, Korea. Oct. 29, 2008.).

Also the poem was translated into English with the title 'The Site of the Korean Provisional Government in Shanghai' by Professor Chung Eun-gwi at Hankuk University of Foreign Studies in Seoul. And it was published in 'Poetry Korea Volume 7, 2018' (Ed. United Poets Laureate International Korea Committee. Orum Publisher, Daejeon, Korea. 2018. 12.). The poem was engraved on a poetry stone monument with Hur Man-gil's profile in Poets' Sacred Place (the previous name: The Poetry and Forest Road Park) in Jusan-myeon, Boryeong-si, Chungcheongnam-do, Korea, on April 23, 2010, where the 100th Anniversary Tower of Korean Modern Literature is located.

A time capsule of Korean Writers was built in Poets' Sacred Place on April 25, 2015, and contained his profile, his poem 'The Site of Korean Provisional Government in Shanghai' in his own handwriting, and his major works in it. This capsule will be open on April 25, 2115, a hundred years later.

Details related to the above were described in Hur Man-gil's book, 'Memoirs of Raising Comfort Women Problems during World War Ⅱ and the Preservation Campaign for the Korean Provisional Government Place in Shanghai (Essay Publishing, Seoul. 2010).

■ Achievements as a researcher at the Ministry of Education, Korea

In 1987 (at age 44), Hur Man-gil was appointed as a Korean Language Arts researcher at the Ministry of Education, the Republic of Korea. He was in charge of revising Hangeul spelling system (confirmed on January 1, 1988), enacting Korean standard language regulations (confirmed on January 1, 1988), promoting Korean language purification, enacting the 5th Korean Language Arts curriculum at the national level, and compiling Korean Language Arts textbooks for students.

In particular, he made efforts such that Korean language education in elementary schools could be effective and harmonious. So, for the first time in the history of elementary school education in Korea, he proposed so that Korean Language Arts textbooks should be divided into three-type books, 'Speaking-Listening', 'Reading', and

'Writing' from single-type textbooks centered on reading comprehension, and time allocation presented for each subject in the curriculum. It was confirmed in June 1987 and implemented annually from March 1989.

■ Activities for introducing and developing career education in schools with a modern concept for 13 years (1993 – 2005)

Since Hur Man-gil was appointed as a researcher at the Career Education Research Department of the Seoul Metropolitan Institute of Education Research in March 1993, for 13 years until retirement as a high school principal in August 2005, he tried to introduce and settle career education with a modern concept in the school fields of Korea.

He participated in the founding of the Seoul Career Education Research Association and the Korean Society for the Study of Career Education, and worked as an executive of those organizations. Also he worked as the chairperson of the Career Education Promotion Committee of the Seoul Metropolitan Office of Education.

He published many papers on career education, and gave lectures on career education to teachers and parents, and planned the publication of many career education materials for teachers, parents, and students. He planned various symposiums and seminars related to career education.

He served as the chairperson of the Theses Review Committee of Career Education Improvement for secondary school teachers organized by the Seoul Metropolitan Office of Education, and operated a leading school for career education as a high school principal. He co-authored the high school textbook 'Career & Counseling' (published by Seoul Metropolitan Office of Educationin. 1999) and worked as a compilation researcher for the high school textbook 'Career and Occupation' (published by Korea Textbook Co., Ltd, Seoul. 2003)

■ **Devoted educational love for his students**

As an educator, Hur Man-gil gave a lot of devoted educational love to his students, leaving many touching stories.

While working as the night special class teacher affiliated with Yeongdeugpo Girls' High School in Seoul for two years from March 1985 (at the age of 42) to February 1987, Hur Man-gil devoted himself to students who worked for the companies in the Korea Export Industry Corporation (or called 'Seoul Guro Industrial Complex') during the day and studied in the night special classes.

However, most of the students came to Seoul from the countryside and lived in the company's dormitories. So if the company was closed, the students had no choice but to lose their jobs and sleeping places.

At that time, the recession was serious. So some companies were closed, leaving about 30 students wandering. In addition, due to the labor–management dispute at Daewoo Apparel Co., Ltd. on June 24, 1985, more than 130 students lost their jobs, and among them, the students who lived in dormitories had to lose their beds. When more than 160 female students wandered around due to these things, he made every effort to help them continue their studies. He eventually tried to get all of them to earn high school diplomas about 8 months later (in the case of 3rd grade), or a year and 8 months later (in the case of 2nd grade).

During this period, he visited numerous companies feeling dizzy and tried to help students get re–employed. He earnestly proposed to the Seoul Metropolitan Government so that all of them could receive scholarships and pay tuition fees to the school. And such efforts were successful.

For the first time, he guided special class literary

presentations consisting of various programs, and impressed all students, teachers, and company managers with tears. When underage students living far away from their hometown parents had difficulties in their companies, he tried very hard to protect their human rights in consultation with company managers.

Hur Man-gil's devoted educational love was widely known, and he received the Citation of the Minister of Commerce and Industry, the Republic of Korea in March 1987.

Details related to the above were recorded in Hur Man-gil's book, 'The Pain and Hope of the Disciples in Those Blue Stars'(2022).

Here is another example of his touching stories.

While working as a teacher of Kyeongbok High School in Seoul, he also served as a teacher of Open High School (방송통신고등학교) affiliated with the school since it was established in 1974, when he was 31 years old. Even after leaving Kyeongbok High School in 1979, he continued to pay special affection to Open High School students and graduates across the country.

Each Open High School in Korea was affiliated with the

general high school respectively. As of 2021, there were 42 Open High Schools in Korea. Students usually have studied through broadcasting classes and on Sundays school attendance classes.

He wrote lyrics for Open High School students nationwide and made it into 'Open High School Song' in 1978 through requesting the composer to compose it. In the same year, he first published a paper on the problems and improvement directions of Open High School education, and tried to make them come true.

He guided the hosting of the oratorical competition by the Seoul District Alumni Association of Open High Schools to encourage Open High School students across the country, and was the chairperson of the judging committee for many years from 1978.

In 2024, it will mark the 50th anniversary of the establishment of Korea's Open High School. In preparation for this, He proposed the compilation of a 50-year history book of Open High School in Korea, and presented the book's structure.

Details related to the above were stated in Hur Man-gil's book, 'Sending Love to Students and Graduates of Open High School in Korea' (2021).

■ **Major Career (July 2023)**

Elementary, middle, and high school teacher (1961, at age 19 – 1986, at age 43). Researcher of Korean Language Arts at the Ministry of Education, the Republic of Korea (1987). Researcher of Spokesperson and Public Relations Office at the Ministry of Education, the Republic of Korea (1988). Government School Inspector at the National Institute for Educational Research & Training, the Republic of Korea (1988 – 1992). Researcher at the Career Education Research Department of the Seoul Metropolitan Institute of Education Research (1993 – 1994). Principal of Dangok High School (2002 – 2005) in Seoul. Chairperson of the Career Education Promotion Committee of the Seoul Metropolitan Office of Education (1997 – 1998). Board Director of the Korean Society for the Study of Career Education (2000 – 2005). Research Committee Member & Deliberation Council Member of the Development of 'Korean Language' textbooks for Overseas Koreans at the National Institute for International Education Development (1995 – 1999). Research Committee Member of the Development of 'Korean Language' textbooks for Overseas Koreans at the Korea Institute of Curriculum and Evaluation (1999 – 2002). Research Committee Member of Korean Language Arts

Textbook Compilation at the Korea Educational Development Institute (1987 – 1996). Appraisal Committee Member for Korean Standard Language of the Korean Language Research Institute of the National Academy of Sciences, the Republic of Korea (1987). Instructor at the National Institute for International Education Development (1994 – 2004). Writing Committee Member of 'Korean Language Education Dictionary' of the Korean Language Education Research Institute of Seoul National University (published in 1999). Vice-president of the Hangeul Literature Society (1994 – 2003). Board Director of the Korean Writing Instruction Society (1976 – 1978).

▲ (As of 2023) Board Director of PEN International, Korea Center (2017 –). Board Director of the Korea Modern Poets Association (2014 –). Central Committee Member of the Korea Novelists Association (2016 –). Member of the Korean Writers' Association (2001 –). Member of the Korean Language Society (1967 –). Leading Member of the Museum of Korea Contemporary Literature at Poets' Sacred Place in Boryeong-si, Korea (2020 –). Editorial Adviser of The Monthly Korea Gukbo Literature (2021 –). Advisor of the Korea New Literature Society (2019 –).

■ **Awards**

- Yellow Stripes Order of Service Merit (2005. the President of the Republic of Korea)
- Presidential Citation (1991. the President of the Republic of Korea)
- Citation of the Chairperson of the National Human Rights Commission of the Republic of Korea (2004. on the 56th anniversary of the Universal Declaration of Human Rights): for raising the Japanese Military Sexual Slavery issue as a major achievement.
- Citation of the Minister of Commerce and Industry, the Republic of Korea (1987): for the contribution to take care of the night special class students who work in industries during the day.
- Citation of the Director General of the Korean Language Society (1988. Seoul, Korea)
- Munyechunchu Literature Award for the Integrity of Poetry (2011. Literary Magazine 'Munyechunchu', Seoul, Korea)
- Pure Literature Award for Writers (2014. the Monthly Pure Literature, Seoul, Korea)

■ Published Books

- A Study on the Modern Korean Language Policies in Korea (1994)
- A Study on the Establishment of Oral Language Education Areas (1979)
- Opening a Way of Our Korean Language Love (2003)
- The Way of Love for Our Korean Language (1976)
- Memoirs of Raising Comfort Women Problems during World War Ⅱ and the Preservation Campaign for the Korean Provisional Government Place in Shanghai (2010).
- 〈Complex Literature〉 Searching for the Dawn of Life (1980. The first work of Complex Literature in the world)
- 〈Collection of Poems〉 You Shine (2000)
- 〈Collection of Poems〉 Blue Vow of 15 Years Old (2004)
- 〈Collection of Poems〉 At the Morning Riverside (2014)
- 〈Collection of Poems〉 In History and in Life (2023)
- 〈Novel〉 Love with Angel Yorena (1999)
- 〈Contents of attained truths〉 Cham (Truth) Obtainment for Mankind (1980)
- 〈Collection of Essays〉 Blue Heart of 14 Years Old (2007)
- 〈Collection of Essays〉 Looking for Truth and Ideal

(2007)

- 〈Collection of Essays〉 The Sounds of the Brilliant Light (1975)
- 〈Collection of Essays〉 Sending Love to Students and Graduates of Open High School in Korea (2021).
- 〈Memoirs of Education〉 The Pain and Hope of the Disciples in Those Blue Stars (2022)
- 〈High School Textbook〉 Career and Counseling (joint work. 1999)

■ Short Stories (Short Novels)

'A Feast in the Village of Natives'(1990), 'Colored People'(1991), 'Jagulsan Mountain Festival of Jina Sisters'(2013), 'The Shock'(1992). 'Teacher's Love', 'Flower Buds'(1991), etc.

■ Poems Translated into English

'The Site of the Korean Provisional Government in Shanghai', 'Looking at Baekdusan Mountain', 'In the South Pacific', 'Mission Bay in Early Winter', 'April 19 Revolution in the Memories of My Youth', 'A Hymn to Ureuk, the Great Musician of Korean Antiquity', 'Uiryeong Arirang', 'My Wife Makes Me Happy', 'At the Morning Riverside',

'Large Snowflakes', 'Love in Winter', 'Bondi Beach in the Morning', 'You Shine', 'The Days of My Teenage Years', etc.

■ Poem Translated into Japanese

'大韓民國の上海臨時政府の遺跡'

■ Poetry Used in Lyrics

'Looking at Baekdusan Mountain', 'Our Nature, Our Environment', 'A Hymn to Ureuk, the Great Musician of Korean Antiquity', 'The Place of Friendship', 'Yeouido Flower Road', 'Saetgang Bridge of Hangang River', 'Uiryeong Arirang', 'Jagulsan Mountain', 'Haeundae Moon Night', 'Jinju Bibongsan Mountain', 'My Wife Makes Me Happy', 'Open High School Song', etc.

■ Hur Man-gil's Poetry Stone Monuments

- 'The Site of the Korean Provisional Government in Shanghai' (at Poets' Sacred Place in Jusan-myeon, Boryeong-si, Chungcheongnam-do, Korea, where the 100th Anniversary Tower of Korean Modern Literature is located)
- 'At the Morning Riverside' (at Poets' Sacred Place in Jusan-myeon, Boryeong-si, Chungcheongnam-do, Korea, where the 100th Anniversary Tower of Korean

Modern Literature is located)

- 'You Shine' (at Gaehwa Art Park, Seongju-myeon, Boryeong-si, Chungcheongnam-do, Korea)
- 'My Hometown Chilgok' (on the Monument of Hometown Love, Chilgok-myeon, Uiryeong-gun, Gyeongsangnam-do, Korea)

■ Hur Man-gil's materials preserved in Time Capsule for 100 years

Time Capsule of Korean Writers was built in Poets' Sacred Place (the previous name: the Poetry and Forest Road Park) in Jusan-myeon, Boryeong-si, Chungcheongnam-do, Korea, on April 25, 2015, where the 100th Anniversary Tower of Korean Modern Literature is located. It contains Hur Man-gil's profile, his poem 'The Site of Korean Provisional Government in Shanghai' in his own handwriting, his major works, his plaque photo of Pure Literature Award for Writers, and paper mold for printing of his Seoul National University Master's degree thesis, etc. This time capsule will be open on April 25, 2115, a hundred years later.

책 소개

〈주간 한국문학신문〉
2022년 11월 9일(발행 주간한국문학신문사, 서울)

허만길 문학박사 교육회고록 발간

〈저 푸른 별들에 제자들의 아픔과 소망이〉

1985년 대우어패럴 사태로 일자리와 잠자리 잃은
야간 특별학급 여학생 모두를 졸업으로 이끈 감동의 이야기

생산직 학생사원들의 힘든 삶과 노사분규의 심각한 후유증 실감

허만길 문학박사(시인)가 약 36년 전, 영등포여자고등학교 교사 시절 1985년 노사분규로 주식회사 대우어패럴의 폐업에 따라 퇴사한 야간 특별학급 여학생 130여 명과 극심한 불경기로 퇴사한 여학생 약 30명이 일자리와 잠자리를 잃고 방황하게 되자, 이들을 헌신적으로 보살펴 모두를 졸업의 영광으로 이끌고, 이들을 비롯해 고향을 떠나 어려운 환경에서 서울 구로공단에서 생산직 일을 하며 공부하는 여

학생들을 애타는 교육자의 정신으로 지도한 교육 회고록 〈저 푸른 별들에 제자들의 아픔과 소망이〉(도서출판 책과나무)를 발간했다.

이 회고록은 우리나라 경제 발전과 수출의 주요 요람이었던 서울 구로공단(한국수출산업공단)의 상황과 낮에는 공단에서 일하고 밤에는 고등학교 야간 특별학급에서 공부하는 여학생들의 힘든 삶의 모습을 생생히 담고 있다. 또한 노사 분규로 말미암아 회사가 폐업함에 따라 한순간에 오갈 데 없게 된 힘없는 학생사원들의 안타까운 방황 모습을 통해 노사 분규의 심각한 후유증도 실감하게 한다.

허만길 박사는 1985년 영등포여자고등학교 야간 특별학급 1,370여 명의 학생 가운데 자기 집에서 숙박하는 학생은 12.6%인 173명에 지나지 않고, 대부분 시골에서 서울로 와서 회사에서 기숙사 생활(53.3%)을 하거나 자취(31.0%)를 하거나 친척집(3%)에서 살았다고 했으며, 그들이 일반 고등학교 주간학급 학생들이라면, 가족과 함께 지내면서 어머니가 지어 주는 밥을 먹고 편하게 학교에 다닐 나이라고 했다.

허만길 박사는 일반인들이 아직 '파업'이라는 용어에 익숙지 않던 시절 1985년 6월 24일 주식회사 대우어패럴에서 회사와 노동조합의 갈등으로 근로자들의 파업 농성이 일어났을 때 동료 교사들의 만류를 무릅쓰고 학생들의 안전을 파악하기 위해 파업 현장을 방문한 내용과 기숙사가 폐쇄되고 학생들이 퇴사하게 되는 과정을 자세히 기술하고 있다.

허만길 박사는 한순간에 일자리와 잠자리를 잃은 대우어패럴 퇴사자 134명(원래 135명에서 1명 자퇴)과 불경기로 폐업한 다른 회사 퇴사자 27명, 모두 161명의 퇴사 학생들을 한 학생의 낙오자 없이 졸업의 영광으로 이끌기 위해 1년 8개월 동안 온갖 노력과 정성을 다한 제자 사랑을 샅샅이 기록하고 있다. 학생들이 재취업할 수 있도록 부은 다리로 현기증을 느끼면서 수많은 업체를 방문하고, 겨우 재취업한 학생들일지라도 임금을 제대로 못 받는 경우가 많고, 어떤 학생들은 대우어패럴에서 조금 받은 퇴직금조차 악덕업자에게 사기당하기도 한 내용들도 기록하고 있다. 그런 가운데서도 그들 모두에게 서울특별시에서 장학금을 지급해 주기를 간절히 요청하여 성과를 거둔 과정도 기록하고 있다.

허만길 박사는 야간 특별학급 학생들을 위해 '일하며 배우며' 노래를 만들어 주었으며, 처음으로 문예 중심에 노래, 기악, 무용, 에어로빅댄스, 촌극, 디스코 등의 다양한 영역을 접목시킨 문예발표회를 구상 · 기획 · 지도하여 학생, 교사, 업체 관계자들이 눈물 어린 감동을 받게 했다. 고향의 부모를 떠난 미성년 학생들이 업체에서 어려움을 겪을 경우 업체 관리자와 협의하여 그들의 인격과 권익을 보호하는 데 힘썼다.

허만길 박사는 학생들이 밤늦게 수업을 마치고 교문을 나선 뒤에는 한결같이 혹시나 몸이 아프거나 말 못할 사정으로 학교에 남아 있는 경우가 있지는 않나 염려하여 모든 교실은 물론 모든 화장실까지 샅샅이 살피고, 어두운 밤길을 안전하게 걸어 버스를 잘 탔는지를 파악하기 위해 여러 버스 정류장과 학교 주변을 순회했다.

허만길 박사는 1985년 3월부터 1987년 2월까지 2년 동안 영등포여자고등학교 야간 특별학급 교사로서 제자들을 위해 애타게 노력했던 일들을 모아 둔 자료를 불태우기 전에 그 주요 내용을 원고로 정리하여, 제자들이 학교를 졸업한 지 35년이 지난 2022년에 〈저 푸른 별들에 제자들의 아픔과 소망이〉라는 이름으로 책을 발간하게 되었다고 했다.

주간 한국문학신문

http://korea-news.kr 2022년 11월 9일 〈수〉 《제568호》

허만길 문학박사 교육회고록 발간

『저 푸른 별들에 제자들의 아픔과 소망이』

1985년 대우어패럴 사태로 일자리와 잠자리 잃은
야간 특별학급 여학생 모두를 졸업으로 이끈 감동의 이야기
– 생산직 학생사원들의 힘든 삶과 노사분규의 심각한 후유증 실감 –

허만길 문학박사(시인)가 약 36년 전, 영등포여자고등학교 교사 시절 1985년 노사분규로 주식회사 대우어패럴의 폐업에 따라 퇴사한 야간 특별학급 여학생 130여 명과 극심한 불경기로 퇴사한 여학생 약 30명이 일자리와 잠자리를 잃고 방황하게 되자, 이들을 헌신적으로 보살펴 모두를 졸업의 영광으로 이끌고, 이들을 비롯해 고향을 떠나 어려운 환경에서 서울 구로공단에서 생산직 일을 하며 공부하는 여학생들을 대하는 교육자의 정신으로 지도한 교육 회고록 『저 푸른 별들에 제자들의 아픔과 소망이』(도서출판 책과 나무)를 발간했다.

이 회고록은 우리나라 경제 발전과 수출의 주요 요람이었던 서울 구로공단(한국수출산업공단)의 상황과 낮에는 공단에서 일하고 밤에는 고등학교 야간 특별학급에서 공부하는 여학생들의 힘든 삶의 모습을 생생히 담고 있다. 또한 노사 분규로 말미암아 회사가 폐업함에 따라 한순간에 오갈 데 없게 된 힘없는 학생사원들의 안타까운 방황 모습을 통해 노사 분규의 심각한 후유증도 실감하게 한다.

허만길 박사는 1985년 영등포여자고등학교 야간 특별학급 1,370여 명의 학생 가운데 자기 집에서 숙박하는 학생은 12.6%인 173명에 지나지 않고, 대부분 시골에서 서울로 와서 회사에서 기숙사 생활(53.3%)을 하거나 자취(31.0%)를 하거나 친척집(3%)에서 살았다고 했으며, 그들이 일반 고등학교 주간학급 학생들이라면, 가족과 함께 지내면서 어머니가 지어 주는 밥을 먹고 편하게 학교에 다닐 나이라고 했다.

허만길 박사는 일반인들이 아직 '파업'이라는 용어에 익숙지 않던 시절 1985년 6월 24일 주식회사 대우어패럴에서 회사와 노동조합의 갈등으로 근로자들의 파업 농성이 일어났을 때 동료 교사들의 만류를 무릅쓰고 학생들의 안전을 파악하기 위해 파업 현장을 방문한 내용과 기숙사가 폐쇄되고 학생들이 퇴사하게 되는 과정을 자세히 기술하고 있다.

허만길 박사는 한순간에 일자리와 잠자리를 잃은 대우어패럴 퇴사자 134명(원래 135명에서 1명 자퇴)과 불경기로 폐업한 다른 회사 퇴사자 27명, 모두 161명의 퇴사 학생들을 한 학생의 낙오자 없이 졸업의 영광으로 이끌기 위해 1년 8개월 동안 온갖 노력과 정성을 다한 저자 사랑을 샅샅이 기록하고 있다. 학생들이 재취업할 수 있도록 부은 다리로 현기증을 느끼면서 수많은 업체를 방문하고, 겨우 재취업한 학생들일지라도 임금을 제대로 못 받는 경우가 많고, 어떤 학생들은 대우어패럴에서 조금 받은 퇴직금조차 악덕업자에게 사기 당하기도 한 내용들도 기록하고 있다. 그런 가운데서도 그들 모두에게 서울특별시에서 장학금을 지급해 주기를 간절히 요청하여 성과를 거둔 과정도 기록하고 있다.

허만길 박사는 야간 특별학급 학생들을 위해 '일하며 배우며' 노래를 만들어 주었으며, 개교 이래 처음으로 문예 중심에 노래, 기악, 무용, 에어로빅댄스, 촌극, 디스코 등의 다양한 영역을 접목시킨 문예발표회를 구상, 기획, 지도하여 학생, 교사, 업체 관계자들이 눈물 어린 감동을 받게 했다. 고향의 부모를 떠난 미성년 학생들이 업체에서 어려움을 겪을 경우 업체 관리자와 협의하여 그들의 인격과 권익을 보호하는 데 힘썼다.

허만길 박사는 학생들이 밤늦게 수업을 마치고 교문을 나선 뒤에는 한결같이 혹시나 몸이 아프거나 말 못할 사정으로 학교에 남아 있는 경우가 있지는 않나 염려하여 모든 교실은 물론 모든 화장실까지 샅샅이 살피고, 어두운 밤길을 안전하게 걸어 버스를 잘 탔는지를 파악하기 위해 여러 버스 정류장과 학교 주변을 순회했다.

허만길 박사는 1985년 3월부터 1987년 2월까지 2년 동안 영등포여자고등학교 야간 특별학급 교사로서 제자들을 위해 애타게 노력했던 일들을 모아 둔 자료를 불태우기 전에 그 주요 내용을 원고로 정리하여, 제자들이 학교를 졸업한 지 35년이 지난 2022년에 '저 푸른 별들에 제자들의 아픔과 소망이'라는 이름으로 책을 발간하게 되었다고 했다.

〈맹신형 기자〉